W0225106

Georges Jourdain

Flexibilité

ou

Idée fixe ?

LES PRESSES DU MIDI

© Éditions les Presses du Midi
Impression PDM

---

121 avenue d'Orient - 83100 Toulon
Tel. : 04 94 16 90 20 - Fax : 04 94 16 90 29
Dépôt légal Avril 2007
ISBN : 978-2-87867-819-2

I

Aîné d'une famille de trois enfants, Romain n'eut aucun mal à assumer ce droit ou ce devoir. Il ne fut que peu sollicité dans sa jeunesse par la responsabilité liée à cet état. Ses parents assurèrent pleinement leur rôle pendant l'enfance, l'adolescence, la scolarité de leurs enfants. Le choix de leurs études, la recherche d'une voie professionnelle, leur furent plus suggérés qu'imposés. Mais force fut de constater que la fille et les deux garçons acquirent des connaissances solides accompagnées d'une profession en tout point enviable, au moins la plus proche de leur ambition. Louis, le père de Romain, d'Élise et de Martial, travaillait dans une grosse entreprise de la région parisienne, une multinationale de construction automobile. Il y avait fait ses vrais débuts professionnels dès l'âge de dix-huit ans, bien avant de satisfaire à ses obligations militaires. Son bagage était mince, le seul diplôme qu'il ait pu obtenir fut celui du certificat d'études avec la mention bien. Quelques apprentissages lui avaient cependant permis de s'accoutumer au monde du travail.

Dans cette grande entreprise, Louis avait tour à tour été apprenti, ouvrier, ouvrier qualifié, sous-chef d'équipe, enfin chef d'équipe. Sa connaissance du travail, sa sensibilité, son sens inné du commandement conforté par celui de l'écoute, enfin son aptitude à la formation, lui permirent d'obtenir la considération de sa hiérarchie, certes, mais également de tous ses collègues de travail. À l'occasion d'élections professionnelles, tous les syndicats représentés dans l'entreprise lui demandèrent d'adhérer, puis de participer à leurs actions. Il n'hésita pas à en choisir un au grand jour. Là aussi, sa promotion fut rapide. Simple militant, il devint très vite responsable de son groupe de travail pour, après quelques années, être élu secrétaire syndical. À ce titre, il bénéficia de libertés pour se rendre à diverses réunions, à des congrès, enfin siéger aux prud'hommes. Cadres et employés n'eurent qu'à se féliciter de son action, car c'est avec beaucoup d'honnêteté que Louis défendit le faible, tentant d'atténuer les effets dévastateurs de constats d'inaptitude. Il obtint souvent des reclassements ou des mutations susceptibles de mieux valoriser ou stimuler certains ouvriers moins performants que les autres. C'est pourtant pour les meilleurs, ceux qui permettaient à l'entreprise de prospérer, de créer des emplois mieux rémunérés certes, ceux-là mêmes qui allaient s'exprimer au meilleur niveau, qu'il obtint les résultats les plus probants.

Gertrude, la femme de Louis, avait elle aussi travaillé dans la multinationale. C'est même là qu'ils s'étaient connus, puis mariés avec la seule « bénédiction » du comité d'entreprise. Dès la naissance de leur deuxième enfant, la mère faisant valoir son désir d'élever correctement leur progéniture, grâce aux promotions de son mari, se mit en disponibilité pour abandonner définitivement son emploi quelques années plus tard. Gertrude avait assisté à l'ascension sociale, puis militante, de son époux en parfaite symbiose d'idées. Toutes les conditions étaient ainsi réunies pour que les enfants admirent leurs parents, puis suivent leurs traces. C'est ainsi que Romain, l'aîné, donna l'exemple. Il réussit un bac technique qui lui permit, après son service militaire, d'être embauché dans la même firme automobile. Il s'y montrera également performant dans tous les domaines, obtenant un avancement plus rapide que celui de son père. Louis n'essaiera jamais de convaincre Romain de sa tendance militante, c'est donc de son propre gré que son fils adhérera au même syndicat. Tout comme son aîné, il connaîtra ainsi une double carrière. Il est vrai que le jeune homme s'entendit à plusieurs reprises conseiller : « Mes enfants, si vous adhérez à un parti politique, c'est que vos convictions sont bien établies. Essayez alors d'y faire carrière. Par contre, le syndicalisme permet plus de liberté, vous aidant par ailleurs à défendre le métier que vous aimez. À ce sujet, n'oubliez jamais ce que je vous dis. Il est malaisé, souvent impudique, de se défendre directement soi-même. La seule façon de le faire bien, c'est de défendre ses collègues. Les avancées que vous obtiendrez pour eux rejailliront sur la plupart des employés, vous procurant ainsi encore plus de satisfactions. » Élise et Martial poursuivirent des études supérieures, avant d'entrer tous deux dans l'enseignement. Ils y défendirent les mêmes idées que leur père et leur frère aîné. Cependant, ils ne militèrent que peu au sein d'un syndicat.

Romain, tout comme son père, rencontra sa future femme au travail. Elle était secrétaire, également militante syndicale, mais au sein d'une autre confédération. Peu importait pour eux, car leur largesse d'esprit était grande. Lucie eut maintes fois l'occasion de siéger avec son mari dans des commissions d'avancement ou de discipline. Leur combat fut en tout point le même. Ce qui différenciait quelque peu Lucie de Romain, c'est que la femme défendit un peu plus la hiérarchie, le mari nettement plus les employés. Louis n'avait jamais caché l'existence d'un frère à sa famille, mais aucun de ses membres n'en fit jamais la connaissance. L'explication donnée à cette situation était simple : « un désaccord complet au niveau de la sensibilité politique ». Ce frère affichait, paraît-il, des idées d'extrême droite. De plus, xénophobe, il ne tolérait qu'une main-d'œuvre française au prix le plus juste. Ainsi, l'oncle n'était jamais évoqué devant les enfants. Romain et Lucie affichaient respectivement 40 et 38 ans, leurs deux fils 15 et 13 ans. Jean et Robert poursuivaient leurs études au lycée, mais Lucie avait conservé sa place dans l'entreprise. La mère de famille avait cependant abandonné ses activités syndicales, alors que le mari y consacrait le meilleur de son temps. En sa qualité de cadre, Romain aurait pu nuancer ses idées jusqu'à peut-être abandonner la défense des plus faibles. Bien au contraire, ses différentes promotions n'avaient fait que confirmer sa lutte. Il est vrai que cette dernière devenait plus présente, en raison des problèmes posés par le modernisme. Alors que cette famille vivait en parfaite entente, avait établi des habitudes plutôt bourgeoises de vie, une convocation de Romain dans une étude notariale allait bouleverser sa vie. Le fameux oncle dont on ne parlait plus depuis longtemps venait de se manifester. Avant sa mort, il avait déposé un testament quelque peu insolite. Il avait déshérité toute sa famille, ses frères et ses neveux pour transmettre ses biens à quelques œuvres de charité de son choix.

Une clause restrictive était tout de même adjointe à cette volonté. Son entreprise et le pavillon lui servant d'habitation seraient légués à Romain, à condition que ce dernier accepte de prendre la direction de l'usine, les droits de succession étant prélevés sur la part, non négligeable, revenant aux associations caritatives. Cette offre ne valait en aucun cas pour son frère ou les deux autres neveu et nièce. Si Romain refusait ce legs et ses obligations, la maison tout comme l'entreprise deviendraient la propriété des œuvres de charité comme le reste de la succession.

La première réaction de Romain fut celle de refuser cet héritage pour le moins farfelu. Son père avait raison : cet homme ne présentait aucun intérêt ! Le notaire, cependant, lui demanda de réfléchir quelques jours avant de prendre une décision aussi radicale. Rentré chez lui, le légataire ne cacha pas sa colère. Pourquoi avoir été ainsi choisi, le mettant en porte-à-faux face à son père, sa sœur et son frère ? Lucie, plus posée, calma son époux. Elle suggéra que l'oncle s'était peut-être renseigné sur sa famille, s'intéressant plus particulièrement au cas de Romain, seule personne pour lui capable de diriger une entreprise et sauvegarder des emplois qui ne manqueraient de disparaître si tous les biens de la succession étaient liquidés. Ce dernier argument fit réfléchir le syndicaliste qui, aidé de sa femme, acquit la conviction qu'il fallait réunir un conseil de famille. Il téléphona donc au notaire, lui demandant un délai plus long de réflexion. L'organisation d'une réunion familiale fut alors préparée donnant l'occasion à Romain de revoir ses parents, sa sœur, son frère, leurs conjoints, ses neveux et ses nièces, avant les fêtes de fin d'année. Lucie et son mari arrêtèrent approximativement une date, mais décidèrent de se rendre ensemble en voiture sur les lieux qui seraient susceptibles d'accueillir leur nouvelle vie ; dans une bourgade de Haute-Savoie où avait vécu et travaillé le défunt.

Ils avaient bien entendu pris des vacances. D'abord avec leurs parents respectifs, tout seuls après leur mariage, enfin avec leurs enfants. Ils avaient jusqu'alors privilégié la mer ou l'océan, pour le plus grand plaisir des plus jeunes. Par deux fois, ils avaient voulu concilier océan et montagne, se rendant à l'occasion au Pays Basque. D'autres voyages plus lointains leur avaient fait découvrir quelques cols, mais curieusement, un des rares endroits méconnus restait cette partie des Alpes : Savoie et Haute-Savoie. Leur voyage sur une journée ne leur permit pas de bien connaître ces deux départements. Cependant, à partir de Grenoble, des sommets grandissant avec majesté leur inspirèrent, au fil des kilomètres, respect, crainte et émerveillement. C'est ce dernier sentiment qui prévaut dans la plupart des cas, incitant le voyageur à de folles envies de randonnées pédestres, avec raquettes, skis, même d'escalade pour les plus téméraires. Le couple s'offrit quelques haltes, pour prendre des photos qu'ils pourront montrer à la famille. Les villes, entrevues de l'autoroute ou traversées, les laissèrent sous le charme. La propreté qu'ils remarquaient, omniprésente, les interpellait, tout comme les chalets de toutes dimensions, de toutes formes, qui s'intégraient aussi parfaitement à l'environnement. Ils pénétrèrent enfin dans le bourg, où une inscription fleurie, « Honneur aux visiteurs », finit de les séduire. Le plan qui leur avait été fourni s'était avéré précis. Sa dernière indication prenait fin ainsi que leur voyage, devant l'immense scierie et le non moins vaste pavillon, plutôt impressionnant chalet de l'oncle défunt. C'était là que se terminait la bourgade, ainsi que leur héritage et la montagne.

À cette saison, la neige ne se remarquait qu'à hauteur respectable. Des chemins empierrés, habillés de verdure, invitaient à la promenade. Lucie et Romain oublièrent un instant l'objet de leur visite pour se croire en vacances. Ils durent même réagir pour ne pas prendre à pied la direction des sommets. Mais ce n'était pas le but immédiat du voyage. La scierie n'avait jamais cessé de fonctionner. Un responsable local, sous contrôle d'une autorité juridique, en assurait l'intérim. Lucie avait insisté pour que Romain se présentât seul devant ce responsable, averti au préalable de leur visite.

Le légataire éventuel tint bon :

— J'ai absolument besoin de toi, de ton avis. N'oublie pas le conseil de famille ! Je ne veux pas risquer de me laisser aller à trop d'engouement, ou à une déception visible.

— Tu as peut-être raison. Allons, je te suis, pour prendre des notes.

Romain conclut, souriant :

— Je n'en attendais pas moins de toi.

À 18 heures, la scierie semblait endormie. L'absence de bruit de machines en activité, d'ouvriers, faisait penser à une usine en grève. Peut-être qu'à cette heure-là le personnel avait cessé toute activité ? *Trente-cinq heures obligent*, supposa Romain. Une autre pensée liée à cette avancée sociale interpella le syndicaliste : *comment son oncle avait-il, avec ses idées, réglé cette nouvelle situation ?* Il le saurait bien assez tôt.

Suivi de sa femme, il se dirigea vers la droite du vaste bâtiment, qui ne ressemblait absolument pas à l'image que l'on pouvait se faire d'une simple scierie, mais plutôt à celle d'une entreprise de transport. En effet, un large quai pouvant accueillir facilement deux gros camions côte à côte occupait une grande partie de l'espace.

Romain sonna à l'entrée du secrétariat, jouxtant l'immense pavillon dont il hériterait peut-être... On verrait bien !

Un homme, en complet cravate, vint leur ouvrir avant de les introduire dans un véritable appartement. Un couloir desservait plusieurs pièces fermées mais laissait distinguer, tout au fond, l'amorce d'un majestueux escalier en bois, qui devait conduire au logement du directeur. Ils pénétrèrent dans l'un des bureaux, où l'actuel responsable de l'entreprise s'installa derrière une vaste table de travail. Elle était équipée avec goût d'un matériel à la pointe du progrès. Tout ce qui pouvait rappeler la communication était ici représenté : téléphone avec fax et répondeur, ordinateur, téléviseur, projecteur sur grand écran au fond de la pièce. Une unité centrale permettait de faire passer des messages, aussi bien dans les deux autres bureaux qu'à l'extérieur.

M. Morel, après avoir fait asseoir le couple, indiqua qu'une chambre d'hôtel avait été retenue à leur intention. Quand la visite de la scierie et celle du pavillon seraient terminées, il les conduirait lui-même dans une commune voisine où les attendait dans le même hôtel la personne chargée de contrôler la gestion de la scierie.

Romain exprima sa surprise, avant que son interlocuteur ne précise :

— Je n'assure ici que l'intérim d'une entreprise franchisée, qui fonctionne selon des règles établies par un consortium situé en Suisse. Vous en saurez d'ailleurs plus ce soir. Je ne suis pas habilité, en ce qui me concerne, à vous dévoiler l'organisation de cette association. J'en suis d'ailleurs incapable car je ne connais pas moi-même ses statuts, ni ses dirigeants, très haut placés paraît-il, dans l'échelle mondiale de la société.

Romain posa alors la question qui lui brûlait les lèvres :

— Mais mon oncle, dans tout ça, que représentait-il ?

— Tout simplement un directeur de société. Il y a déjà de nombreuses années que, comme d'autres, pour éviter la faillite, il avait accepté les propositions de ce consortium de plus en plus puissant. Par contre, et c'est vraisemblablement le différend que vous devrez régler avec le contrôleur de gestion qui vous sera présenté ce soir, votre oncle demeurait propriétaire de tous ces bâtiments.

Romain lança un coup d'œil à sa femme qui semblait comme lui réfléchir à une situation pour le moins ambiguë. Mais ils ne pouvaient que visiter, en l'absence d'autres précisions. Après avoir investi les deux autres bureaux occupés dans la journée par deux secrétaires, plus un comptable local, ils se dirigèrent à l'extérieur vers la scierie plutôt modeste, en dimensions comme en équipement. Quelques machines permettaient de scier le bois, un local de le faire sécher, avant de le préparer essentiellement à l'usage des charpentiers. Un autre emplacement encore plus petit servait au bois de chauffage vendu sur place. Enfin, une immense surface abritait une grande quantité de meubles en tout genre livrés par camions vers des destinations diverses.

Romain demanda :

— Ces meubles sont-ils fabriqués ici ?

— En fait, répondit Morel, quelques-uns d'entre eux seulement. Votre oncle avait eu l'idée il y a plusieurs années de cette fabrication locale, grâce à un menuisier hors pair qui a su former sa descendance et quelques ouvriers. Ces meubles furent très vite connus puis appréciés, dans le canton, enfin, au-delà du département. C'est maintenant l'essentiel de notre activité. Mais vous comprendrez aisément qu'ils ne peuvent tous être fabriqués ici. Reste donc un artisanat local estampillé, reconnu, mais en grande majorité un commerce de meubles ressemblant en tout point à l'ancienne production. Tout ce mobilier nous est livré pour estampille, avant de repartir vers d'autres destinations avec un label de qualité. Ce n'est peut-être pas un commerce glorieux, mais il ne gêne personne : pas plus l'acheteur, convaincu de la rareté de son acquisition, que les ouvriers ou employés de l'entreprise, largement payés par rapport à leur compétence, ou la commune, qui bénéficie des largesses du consortium.

Romain intervint alors vivement :

— Sans oublier ce consortium, surtout ses dirigeants qui s'en mettent plein les poches.

— Nous connaissons vos scrupules à ce sujet. Mais je peux vous rassurer en vous signalant qu'une partie non négligeable des bénéfices est reversée à des associations caritatives.

Lucie et Romain cernaient déjà mieux le contenu de l'héritage de l'oncle. Mais ils ne pouvaient en savoir plus maintenant… Peut-être ce soir ?

M. Morel leur fit visiter le pavillon et les six pièces qui leur étaient réservées. Toutes étaient meublées avec goût, les quatre chambres équipées d'une salle d'eau. Au sous-sol, le directeur avait l'usage d'un vaste garage et d'une buanderie. Malgré ses dimensions, ce logement ne devait occuper qu'un tiers de la surface du pavillon. Lucie en fit la remarque à laquelle Morel répondit :

— Comme toute grande société, la nôtre possède un comité de loisirs. Ce dernier gère des centres dans plusieurs régions de France, mais également dans de nombreux pays. La partie du pavillon qui n'est plus réservée au directeur est destinée aux congés des administrateurs. C'est ainsi qu'à la saison des sports d'hiver, ils pratiquent le ski ou d'autres activités hivernales. Un remonte-pente a même été aménagé à leur intention. Pendant la saison, d'autres responsables viennent chasser dans ces montagnes giboyeuses, depuis qu'un modeste parc naturel a été installé en altitude.

Romain persifla :

— Je suppose que les habitants de la commune, ainsi que les ouvriers de la scierie n'ont pas la jouissance de ces activités sportives ou récréatives ?

— Détrompez-vous. Le site hivernal est réservé aux seuls administrateurs de l'association et leur famille pendant trois semaines de l'année, le reste du temps, aux employés, aux villageois ainsi qu'aux touristes. Certains de nos ouvriers arrondissent même leurs fins de mois en faisant fonctionner la station le dimanche ou les jours fériés.

Lucie intervint :

— Et pour la chasse ?

— Elle est ouverte à tous, sous contrôle d'un garde-chasse payé par le consortium.

Le couple demeurait pensif. La situation ainsi présentée semblait tellement idyllique qu'ils avaient du mal à l'accepter avec enthousiasme. Ils étaient pourtant mal placés pour conclure que « la mariée était trop belle ». Morel les dévisageait avec un sourire moqueur au coin des lèvres. Il semblait avoir préparé avec succès la première phase de présentation aux visiteurs. Son rôle étant à présent terminé, il ne lui restait plus qu'à conduire Romain et Lucie dans le bourg voisin pour un autre entretien. En fait, régler le fond du problème : persuader ou non Romain d'accepter la succession de son oncle.

Le couple souhaitant repartir directement le lendemain rejoindre son domicile, il emprunta sa voiture pour suivre M. Morel.

II

La pénombre omniprésente depuis déjà longtemps, les deux voyageurs, dans le sillage de l'intérimaire, n'eurent que peu le loisir d'admirer le paysage. Pourtant, ils furent subjugués par les ombres projetées tour à tour des montagnes et des forêts de pins. C'était à la fois grandiose et mystérieux. Des chemins forestiers naissaient sous leurs yeux pour s'interrompre dans l'obscurité, ouvrant la porte à la curiosité, au mystère, même à la peur. À l'entrée du village, but de ce court trajet, les quelques lampadaires communaux allumés, ajoutés à la pâle lueur filtrée par des vitres ou des volets de maisons d'habitation, rassuraient quelque peu le voyageur. Les deux véhicules pénétrèrent dans un immense parc par un très grand portail en fer forgé, dont les deux battants ouverts laissaient apparaître en lettres lumineuses « Auberge du château ». C'était l'ancien château entièrement restauré qui avait été transformé en une luxueuse auberge.

Les voitures garées, Morel conduisit ses hôtes accompagnés de leurs modestes bagages à l'accueil. Les présentations faites à la réceptionniste, l'actuel responsable de la scierie prit civilement congé. Les deux voyageurs furent installés dans une chambre au décor fastueux. Le rustique ne gênait en rien le modernisme, tant les installations sanitaires, la literie, le mobilier, la décoration, répondaient aux normes de confort en vigueur.

Alors que Lucie prenait un bain, la sonnerie du téléphone retentit. Romain décrocha :

— Monsieur Parmentier ?

— Lui-même.

— Heureux de faire votre connaissance. Je me nomme Zimmer, administrateur de la société « Lux International ». Pourriez-vous être prêt, avec votre épouse, à 20 h 30 ?

— Je vous souhaite le bonsoir. Nous serons prêts à 20 h 30.

— Rendez-vous donc au salon de l'hôtel.

— Entendu. À tout de suite.

Romain prit le relais de Lucie dans la salle de bains.

À 20 h 30, le couple faisait connaissance d'un homme habillé avec goût d'un ensemble sport. M. Zimmer affichait une allure sportive, un visage buriné, faisant foi de ses activités ou de ses voyages dans des contrées froides ou ensoleillées. Souriant, il mit immédiatement ses interlocuteurs en confiance. Il se leva civilement, serrant vigoureusement la main des arrivants.

— Veuillez prendre place. Mes hommages, madame. Que désirez vous boire en apéritif ?

Lucie commanda un vin cuit, les deux hommes préférant un whisky Perrier. Au cours de l'apéritif, la discussion fut banale, Zimmer jaugeant adroitement Romain. Ce dernier sur ses gardes ne se livra pas outre mesure, si bien que l'administrateur dut avertir avant de conduire ses hôtes à table :

— Madame Parmentier, vous voudrez bien me pardonner, mais comme vous le savez, notre rencontre, bien qu'amicale, conduira inévitablement à une séance de travail. J'ai en effet été mandaté par ma société pour régler avec votre mari un seul problème, l'acceptation ou le refus de l'héritage de feu monsieur Parmentier.

Une pause avant d'ajouter :

— Nous devons avoir une conversation en tête à tête avec votre mari, afin de trouver une solution honorable pour les deux parties. Nous ne pourrons le faire en votre présence.

Lucie répondit vivement :

— À votre aise, je comprends très bien votre démarche. Si vous le désirez, je peux dîner toute seule. Je n'en serai absolument pas vexée.

Zimmer sourit :

— Je n'ai que ce que je mérite. J'ai été, comme à mon habitude, un peu trop direct. Il n'est pas question que nous nous privions de votre présence au modeste dîner que je vous offre. Cependant pour me faire pardonner notre absence après le repas, je vous propose un concert donné ce soir dans l'auditorium de cette auberge. Je me permettrai de vous y conduire après le dîner.

Les trois convives allèrent s'installer à une table discrète, à bonne distance d'une cheminée d'antan, richement décorée. Elle diffusait jusqu'à leur table une douce chaleur, le crépitement et la vue des bûches en flammes ajoutant au confort de cette ambiance feutrée. Dans ce dîner composé de mets et boissons recherchés, il ne fut pas question de travail ni même d'héritage. M. Zimmer s'adressa le plus souvent à Lucie pour s'inquiéter de sa vie familiale, des études poursuivies par les enfants, des goûts artistiques de chacun et des voyages auxquels la famille avait participé. Toutes les questions, les remarques, étaient lancées avec un intérêt qui paraissait sincère. Le couple se sentit tellement à l'aise avec cet homme que Lucie abandonna, confiante, son mari pour aller écouter le concert qui lui était proposé. Elle se retrouva en présence d'un public connaisseur, confortablement installée au fond d'un large fauteuil. Un pianiste connu joua avec brio des musiques reposantes, essentiellement Haendel, Brahms et Chopin. Après ce concert, elle irait rejoindre les deux hommes au salon.

Ces derniers, devant un whisky soda cette fois, en vinrent aux choses sérieuses, le but de la visite de Romain ce jour. L'administrateur annonça sans ambages :

— Je pense que M. Morel vous a entretenu de l'essentiel

concernant la scierie dont votre oncle était le directeur, mais également le propriétaire. Il est rare que nous nous trouvions dans ce type de situation. Il y a quelques années, M. Parmentier avait donc bénéficié d'une franchise qui nous semblait vouée à l'échec. Cependant, son idée première de fabrication de meubles de qualité nous a permis d'intensifier la fabrication à notre façon, rendant l'entreprise très prospère. Tout naturellement, nous avons alors proposé d'acheter le terrain et les murs, pavillon compris. Votre oncle n'a rien voulu savoir, nous demandant même une extension de la scierie, également du pavillon, le tout demeurant sa propriété. En contrepartie, la jouissance d'une grande surface du pavillon était laissée au comité d'entreprise pour nos vacanciers.

L'administrateur poursuivit :

— Nous avons fini par accepter après maintes tractations. L'homme était obtus en affaires, bien que très capable dans la direction d'une entreprise. Cependant, il avait toujours eu soif de richesses immobilières. Nous avons alors ajouté une clause à notre contrat de gestion par laquelle ses différentes acquisitions immobilières, autres que l'usine et le pavillon, devraient revenir à sa mort, par testament, aux différentes œuvres de bienfaisance que nous aidons. D'où l'ambiguïté du testament dont vous avez pris connaissance.

Romain intervint alors :

— Mais pourquoi mon oncle m'a-t-il choisi spécialement, au lieu de vous léguer tous ses biens ?

— Je ne suis pas certain de pouvoir répondre à votre question de façon satisfaisante. Tout au plus pouvons-nous penser qu'il vous a choisi, après de nombreuses recherches, pour votre charisme, peut-être votre aptitude à la défense du personnel, je crois surtout pour votre honnêteté.

— Il se méfiait donc de votre consortium ?

— Je n'en sais rien, mais il aurait eu tort. Nous pensons plutôt qu'il craignait pour ses ouvriers, considérés un peu comme ses enfants, la perte de leur emploi en cas d'échec bien improbable de l'entreprise, ou qu'ils le conservent avec des rémunérations plus modestes.

— Lui aviez-vous donné des raisons d'être aussi inquiet ?

— Quelquefois, comme dans toute recherche de motivation, des menaces de suppression d'emplois. Cela réussissait d'ailleurs avec votre oncle au-delà de toute espérance. En ce qui nous concerne, il n'était pas à l'ordre du jour d'envisager le dégraissage des effectifs, au moins à brève échéance, encore moins la fermeture de l'entreprise.

— De quelles sortes d'emplois s'agit-il ?

— Des emplois de longue durée, réservés à une main-d'œuvre essentiellement locale, avec toutes les garanties sociales que l'on peut imaginer. En fait, les habitants de la commune, la Mairie, ont besoin de nous, mais nous n'avons aucun intérêt à trahir leur confiance. Après quelques années de coopération, nous vivons en bonne entente. Bien entendu tout cela ne peut se poursuivre au-delà d'une mauvaise gestion ou de problèmes économiques nouveaux.

— Dans ces conditions, il est surprenant que mon oncle qui semblait être un homme intelligent, de plus, contrairement à ce que nous pensions dans notre famille, très proche du personnel, ait voulu se démarquer de vous en me léguant son entreprise.

— Dans votre position actuelle, vous pouvez en effet l'interpréter de cette façon. Je peux pourtant vous assurer que la réalité est tout autre. D'ailleurs, si vous refusiez cet héritage, Morel serait nommé directeur de l'entreprise. C'est un homme formé à notre image, tout à fait capable d'assurer la gestion au mieux des intérêts de tous, dans une ambiance de respect du personnel et des besoins communaux.

Romain réfléchit un instant avant de lancer :

— Une question me brûle les lèvres. Je n'ai jamais osé ou pu la poser aujourd'hui. Le notaire n'a d'ailleurs pu nous renseigner. Comment est mort mon oncle ?

Zimmer sursauta :

— Euh… Un stupide accident de chasse.

— Il n'était donc pas malade. Mais qui en a été le responsable ?

— Difficile à déterminer. Les chiens sous contrôle du garde-chasse avaient levé un cerf. Ils le rabattaient sur les chasseurs à l'affût. Dès que ces derniers l'eurent en point de mire, ils furent plusieurs à tirer. Par un curieux hasard, votre oncle s'est précipité au même moment, passant dans le champ de tir. L'animal et l'homme sont morts sur le coup, ayant reçu chacun plusieurs balles, dont il était difficile d'établir la provenance.

— Mais une enquête a dû être menée ?

— Bien entendu, mais elle n'a abouti qu'à une seule conclusion : accident stupide, mort sans l'intention de la donner. Cela nous a tous laissés consternés, au point d'ailleurs d'interdire la chasse dans notre réserve jusqu'à nouvel ordre. Vous pourrez trouver les conclusions de l'enquête dans une minute déposée au commissariat de Cluses. Je pourrai même vous en faire parvenir une copie. Le notaire aurait dû vous renseigner comme je viens de le faire.

— Mais si mon oncle n'avait ni femme ni enfant, cela, je le sais, n'avait-il pas au moins une compagne ?

— Nous ne surveillons pas la vie privée de nos directeurs. Cependant, tout le monde savait ici qu'il avait vécu avec une femme qui l'a quitté il y a environ deux ans. Depuis, nous ne lui connaissions pas d'autre liaison.

— Merci pour tous ces renseignements. Ils m'aideront à prendre une décision.

— Pour vous y aider, je suis mandaté pour vous faire une proposition : si vous refusiez cette succession, notre société serait prête à vous dédommager. Nous serions ainsi plus libres de nos décisions qui, je peux vous l'assurer, n'iraient pas à l'encontre du personnel. De plus, devenant locataires d'une ou plusieurs associations caritatives dont nous sommes également gestionnaires, nous pourrions travailler de façon plus moderne, en modifiant quelque peu les espaces des bâtiments. Je ne suis pas autorisé à marchander, mais le prix proposé tient compte de plus grandes facilités de gestion que nous rencontrerions alors.

Zimmer passa à Romain une lettre à en-tête, signée du directeur du consortium. L'éventuel légataire put lire :

ZURICH le …

À Monsieur Romain Parmentier, légataire de monsieur Joseph Parmentier, son oncle décédé.

La société internationale Lux International s'engage à acquérir en toute propriété la part d'héritage de Monsieur Romain Parmentier, en l'occurrence, les bâtiments de la scierie sise à X, ainsi que le bâtiment à usage de pavillon et de résidence sociale de vacances de la façon suivante :

Monsieur Romain Parmentier deviendra actionnaire de notre société et recevra, sous forme de rente viagère sur une tête, et ce jusqu'à son décès, la valeur de 80 000 euros par an, nets d'impôts sous forme d'actions.

Si le légataire est d'accord pour accepter son héritage dans les conditions ci-dessus énoncées, un contrat en bonne et due forme sera établi chez un notaire de notre choix.

Signature Y

Romain, après lecture, demeura muet pendant quelques secondes. Zimmer en profita pour commenter :

— Assez intéressant, non ? Une retraite avant l'âge, sans ennuis.

— Et si, malgré tout, je décidais d'accepter l'héritage sans vous concéder les bâtiments concernés, êtes-vous tenus de me conserver mon poste de directeur ?

— Légalement non, mais normalement ce serait oui.

— Quels seraient alors mes émoluments ?

— 8 000 euros par mois, loyer compris, mais primes en sus. Si vous réfléchissez à notre proposition, vous en sortiriez, à mon avis, gagnant. Nous serions un jour ou l'autre amenés à vous proposer d'acheter vos murs, mais peut-être pas au même prix. D'autre part, votre poste de directeur n'est pas soumis aux mêmes conditions de gestion que celles offertes aux employés. Il est étroitement lié aux bénéfices constatés ainsi qu'à la réussite d'objectifs.

— Je comprends mieux vos différends avec mon oncle.

— Ils n'étaient pas aussi importants que vous l'imaginez. Désirez-vous un temps de réflexion pour nous donner votre réponse ?

— Votre proposition mériterait une acceptation immédiate, mais je vous demande un mois de réflexion.

— C'est un délai raisonnable. Vous m'êtes sympathique, et même si je ne suis pas autorisé à le faire, je vais me permettre de vous donner un conseil : optez pour cette proposition rapidement car elle risquerait de devenir moins séduisante si vous étiez amené à l'accepter plus tard. Dans le cas, par exemple, d'un éventuel échec de votre gestion. D'autre part, si le consortium trouvait ailleurs un emplacement et une industrie correspondant plus aux attentes du marché, vous vous retrouveriez propriétaire de biens immobiliers invendables que vous devriez brader.

Romain éclata de rire :

— Vous, au moins, vous servez avec fidélité votre entreprise. Je vous félicite pour votre engagement !

Zimmer marqua le coup, mais se reprit très vite pour annoncer :

— Le concert doit être terminé, à présent. Nous pouvons donc rejoindre votre femme. Je vous demande sérieusement de bien réfléchir. Voici l'adresse à laquelle vous devez envoyer votre réponse.

Il tendit une carte à Romain, puis, après avoir rejoint Lucie, prit courtoisement, mais avec une certaine raideur, congé du couple.

Les deux voyageurs se dirigèrent vers le parc où, dans la pénombre, ils choisirent de faire quelques pas. Jugeant son mari surexcité, Lucie chemina à ses côtés en silence. Ce fut Romain qui prit le premier la parole :

— Sais-tu combien on me propose pour ne pas accepter l'héritage ?

— Dis toujours.

— 80 000 euros par an de rente viagère en actions non imposables.

— Tu ne t'es pas trompé ?

— Non, j'ai la lettre signée du directeur que je te montrerai.

— As-tu demandé un délai de réflexion ?

— Oui, un mois.

— Il faudra donc faire vite. Mais pourquoi hésites-tu ? L'acceptation te permettrait de dédommager ton père, ta sœur et ton frère.

— C'est très tentant, en effet, mais j'ai pris connaissance de ce qui a causé la mort de mon oncle.

— Et alors ?

— Un stupide accident de chasse, bien que M. Zimmer ait paru gêné par mes questions. Cependant, très adroitement, il m'a proposé de m'envoyer les conclusions d'une enquête, peut-être bâclée.

— Nous pourrions aller nous renseigner à la source.

— Tu as raison, au commissariat de police de Cluses. Demain, ce serait possible avant de repartir.

— As-tu d'autres interrogations ?

— J'aimerais également consulter le maire en personne… sur la mort de mon oncle, ainsi que sur ses relations avec Lux International.

— Nous pourrions différer notre départ. Puisque nous reprenons notre travail lundi, un simple coup de fil aux enfants suffirait pour nous permettre de repartir dimanche matin très tôt.

— C'est en effet possible, nous allons y réfléchir.

Le couple regagna la chambre d'hôtel, rassuré et soucieux à la fois. Fallait-il choisir la solution de facilité ou celle ouvrant la porte à de grandes difficultés ? Romain avait conservé ces dernières interrogations pour lui, ne voulant pas inquiéter outre mesure sa femme. Malgré cela, ni l'un ni l'autre ne dormirent à poings fermés. Réveillés, ils n'osaient s'interpeller. Un toussotement non réprimé permettait pourtant une amorce de dialogue. Cependant, au cours de ces courts échanges verbaux, ils décidèrent de consacrer la journée suivante à une visite au commissariat, doublée d'une demande de rendez-vous avec le maire. Ils chercheraient également un hôtel plus modeste, pour reprendre la route le dimanche matin. Ces décisions prises, ils trouvèrent enfin un sommeil réparateur. Réveillés à huit heures, ils se firent apporter le petit déjeuner dans la chambre. À 9 h 30, leur voiture quittait le parc de l'hôtel du château dont les occupants garderaient un excellent souvenir.

Tout avait été gratuit, même le concert, sans oublier une proposition plus qu'alléchante. Le paysage qu'ils avaient trouvé la veille au soir féerique mais lugubre, s'était transformé au lever du jour. Une légère brume descendait des montagnes, atteignant les arbres qu'elle baignait d'une nappe humide. Cela laissait penser que la forêt procédait à ses ablutions avant sa rituelle journée de séduction. À cette époque de l'année, ils ne rencontrèrent pas une intense manifestation de vie sur leur chemin. La voiture ne put que s'arrêter devant la scierie. Celle-ci étant fermée le samedi, ses bâtiments demeuraient imposants, l'ossature, en grande partie faite de bois, s'harmonisant jusqu'à s'intégrer au paysage. On aurait pu penser à une dernière étape confortable avant la découverte de la montagne et des sports d'hiver que l'on pouvait y pratiquer.

Lucie ne put s'empêcher de remarquer:

— Le mois prochain, la station sera ouverte. Les vacanciers de l'association viendront y prendre quelques vacances, cohabitant en quelque sorte avec le directeur de l'entreprise et sa famille.

Ce à quoi Romain répondit:

— Effectivement, mais pour seulement trois semaines. Pour deux ou trois mois encore, les habitants et les touristes pourront en profiter.

— C'est vrai, mais l'espace sera occupé avant et après la saison d'hiver par les chasseurs.

— Peu nombreux tout de même eu égard à la présence d'un parc animalier. Le garde-chasse doit contrôler tout cela.

— Il faudrait peut-être également le contacter.

— Tout à fait. Mais j'y pense, avec un peu de tourisme, il doit y avoir un hôtel dans le village. Et si nous partions à sa recherche ?

Romain gara sa voiture sur un parking en face de la mairie. Sans demander de renseignements aux villageois, les voyageurs firent le tour de l'agglomération à pied, découvrant deux restaurants, dont un seul faisait également hôtel. Ils le choisirent pour le repas du soir et leur hébergement d'une nuit. Ils se rendirent à la mairie où ils ne trouvèrent qu'une permanence. Le maire était absent pour la journée, l'employée refusant de communiquer son numéro de téléphone personnel. Déçus, Lucie et Romain se dirigèrent vers Cluses pour y découvrir le commissariat de police. Romain présenta toutes les preuves de sa parenté avec son oncle et celles d'un éventuel héritage. Il put ainsi obtenir copie des résultats d'une enquête aux conclusions lapidaires. Voulant en savoir plus, le neveu du défunt se vit opposer un refus catégorique. On ne l'autorisait pas en mettre en doute la banalité d'un accident de chasse qui n'impliquait aucune personne. Il pouvait, avec des raisons valables sous forme de preuves, voire de témoignages, demander un complément d'enquête, même prendre un avocat s'il le désirait. Lucie et Romain tombaient de haut. Ce n'était pas aujourd'hui qu'ils obtiendraient tous les renseignements souhaités.

Dans un restaurant de Cluses, ils décidèrent tout d'abord d'annuler leur réservation à l'hôtel, et de prendre la route. À la réflexion, ils préférèrent essayer d'obtenir quelques renseignements, si possible à l'hôtel. De toute manière, il fallait que Romain obtienne des raisons suffisantes de réunir un conseil de famille pour le choix qu'il devrait faire d'ici un mois. Une seule solution s'imposait : un congé pour le légataire qui viendrait par le train en semaine tenter de satisfaire sa curiosité, quitte à louer une voiture sur place. Rassuré par cette décision, le couple goûta au modeste mais très bon repas qui leur fut servi.

Ils retournèrent au village, le visitant cette fois dans sa totalité ainsi que ses abords, en voiture. Ils ne furent absolument pas déçus par cette rapide découverte d'un lieu où il devait faire bon vivre. Fatigués, insatisfaits des résultats de leurs recherches, Lucie et Romain rejoignirent l'hôtel un peu avant la tombée du jour. Contrairement à la veille, ce n'était pas le luxe qui transpirait à l'intérieur du coquet bistro de campagne dans lequel ils pénétraient. La chaleur ambiante générée par l'imposant poêle à bois, chargé de temps à autre par le patron, sa femme ou sa fille, s'ajoutait à celle dégagée par les hommes. La plupart d'entre eux tapaient la belote, les curieux se déplaçant de groupe en groupe. D'autres étaient accoudés au comptoir.

Le patron demanda à ses hôtes s'ils préféraient rejoindre leur chambre avant le repas qui se prenait à 20 heures, plutôt que boire quelque chose dans la salle du restaurant… *pour ne pas subir tout ce bruit*, ajouta-t-il civilement. Cela fit sourire le couple qui préféra d'un commun accord une boisson chaude au comptoir. Lucie, après s'être ainsi complètement réchauffée, monta dans sa chambre, alors que Romain venait de se faire embaucher par un groupe de clients. Il manquait un quatrième à la belote coinchée. C'est avec plaisir que le légataire s'installa à une petite table. Entre les levées, les comptes vérifiés plusieurs fois en cas de litiges et les donnes, un joueur demanda :

— Vous ne seriez pas le neveu de M. Parmentier ?

— Lui-même, vous le connaissiez ?

— Bien sûr, je travaille à la scierie.

— Quelle est votre spécialité ?

— L'ébénisterie.

— Nous n'allons pas perturber le cours du jeu. Mais pourrais-je vous poser quelques questions après la partie ?

— Oui… mais ici nous faisons attention, il s'agit de notre gagne-pain… Il faut comprendre, nous ne pouvons actuellement pas trop parler avec vous.

— D'accord. Mais vous pourriez peut-être me donner les adresses personnelles du maire et du garde-chasse ?

— Antoine, le patron, pourra certainement le faire. Quant à moi, je préfère en rester là.

— Merci, excusez-moi… C'est à moi de donner.

La partie se poursuivit alors, Romain tout heureux d'avoir gagné avec un équipier qui n'était pas l'ébéniste. *La revanche peut-être pour plus tard*, annonça-t-il joyeux.

Lucie venant le rejoindre, ils regagnèrent la salle de restaurant. La serveuse, la fille des hôteliers, leur offrit un apéritif, laissant discrètement tomber du plateau une enveloppe. Romain la glissa vivement dans une poche, pour ne l'ouvrir que dans leur chambre. Quand le patron lui-même vint leur demander si le repas leur avait convenu, le légataire répondit sincèrement que sa femme et lui avaient apprécié cette excellente cuisine locale (fondue savoyarde, tarte et vin du pays). Mais il ne posa aucune question, ce qui sembla satisfaire l'hôtelier qui lui lança un coup d'œil en les quittant.

Dans la chambre, Romain se hâta d'ouvrir l'enveloppe dans laquelle il trouva ce qu'il cherchait : les adresses et numéros de téléphone du maire ainsi que du garde-chasse… à ne pas communiquer à d'autres personnes, car inscrits sur la liste rouge. Après une bonne nuit de sommeil dans un lit confortable, le couple se leva à 7 heures, avant de prendre un bon petit déjeuner une demi-heure plus tard. À 8 heures ils reprenaient la route pour rentrer chez eux, où leurs enfants, avertis par téléphone la veille, les attendaient. Pendant le trajet, il fut décidé que Romain demanderait un congé de trois jours, puis téléphonerait au maire et au garde-chasse pour éventuellement en fixer les dates. Ils n'eurent que peu le loisir d'admirer le paysage, le chauffeur tout à sa conduite, le plus souvent sur autoroute.

Chacun pris par ses pensées, les deux voyageurs ne communiquèrent que rarement, le plus souvent pour des besoins matériels. Il n'empêche que chacun d'eux envisagera leur avenir commun de différentes façons. Certains lendemains semblaient aléatoires, alors qu'une vie de riches et jeunes retraités pouvait s'offrir à eux. La souhaitaient-ils vraiment, ou préféreraient-ils l'aventure ? Le seul point positif était que leur choix dépendait aussi du conseil de famille. Cependant, une conclusion s'imposait : l'ultime décision leur appartiendrait finalement.

À leur retour, ils répondirent évasivement à leurs deux fils. Ils leur promirent cependant que leur avenir, à commencer par leur scolarité, serait pris en compte dans le choix de vie qu'ils décideraient.

Dès le lendemain, Lucie et Romain reprenaient leur travail, le chef de famille interrogeant le responsable du personnel sur la possibilité de prendre quelques jours de congé dans les jours à venir. Il retint quelques dates proposées, pour deux jours après leur retour, appeler le garde-chasse et le maire à leurs domiciles. Après quelques essais infructueux, il put, avec l'un et l'autre engager une conversation téléphonique. En ce qui concerne le maire, c'est avec courtoisie, mais curiosité, qu'il répondit à l'appel de Romain. Il avoua être au courant de la situation, pour avoir entretenu d'excellentes relations avec M. Joseph Parmentier. Il était d'accord pour recevoir le neveu légataire. Il fallait cependant, avant de se déranger, que ce dernier sache que sa situation, en cas d'acceptation de l'héritage, risquait à son avis, d'être délicate, voire précaire. Sentant Romain sur ses gardes, il précisa tout de même qu'il ne s'était jamais personnellement « laissé acheter » par la société Lux International. Rendez-vous fut donc pris pour le lundi suivant, à la mairie à 9 heures précises.

Le garde-chasse n'eut pas, de prime abord, la même envie de collaborer. Manifestement, il ne souhaitait pas la visite de Romain. Ce dernier ne put lui cacher que leur entretien concernerait en particulier l'accident de chasse, ce à quoi l'autre répondit :

— L'enquête a eu lieu, je n'ai rien d'autre à ajouter.

Romain, avec précaution, expliqua que les conclusions qui lui avaient été fournies étaient tout de même succinctes. Il voulait bien accepter la thèse de l'accident. Il le ferait vraisemblablement après les explications du garde-chasse, en qui, sans le connaître, il avait toute confiance puisque choisi par son oncle. M. Durand se détendit alors, acceptant de recevoir Romain le lundi à 19 heures. Ce dernier put alors fixer les dates de ses congés, les lundi et mardi suivants.

La fin de la semaine occupa Lucie et son mari dans la firme automobile qui les employait, leurs deux fils au lycée. Une date fut également retenue pour le conseil de famille, ce serait pour le week-end suivant, la visite du fils aîné de Louis au maire et au garde-chasse.

III

Romain quitta un dimanche matin sa banlieue, muni d'un léger bagage, pour aller prendre le train. Après un changement, les services d'un car, il parvint au but de son voyage pour, à pied, se rendre à l'hôtel-restaurant du bourg qu'il connaissait. Du train, puis du car, il avait plus encore admiré le paysage, puisque déchargé de son rôle de conducteur. Par rapport à ce qu'ils avaient aperçu avec Lucie, il ne fut absolument pas déçu. Les plaines, rivières, cultures, pâturages, mais surtout montagnes aux sommets de plus en plus impressionnants alors qu'il approchait du but, lui semblèrent autrement colorés, bien vivants, enfin majestueux. Il est vrai qu'il admirait tout cela avec hauteur, souvent à plus grande vitesse qu'en voiture.

Les hôteliers, certains des clients qu'il connaissait déjà, l'accueillirent avec chaleur. Il n'eut pas le temps de « taper la belote » mais celui de converser avec le patron de l'hôtel qui l'avait installé dans un coin discret de la salle de restaurant, peu fréquentée à cette époque de l'année. Deux autres tables seulement, éloignées de la sienne, étaient occupées par un couple et une famille de quatre personnes. Le patron posa la question qui interpellait la plupart des habitants du village :

— Vous avez pu obtenir un rendez-vous avec monsieur le maire ?

— Oui, demain matin à 9 heures à la mairie.

— Très bien ! Vous verrez, monsieur Andrieux est un homme à la fois capable, courtois, de bon conseil, de plus très compétent dans toutes les activités qu'il exerce. Êtes-vous parvenu à rencontrer le garde-chasse ?

— Oui, mais je préférerais que vous ne l'ébruitiez pas. Il a l'air de se méfier de ma venue, plus encore de mes questions.

— Vous pouvez compter sur moi. Je comprends la situation. Vous avez d'ailleurs raison de rester discret sur vos intentions. Les gens sont en majorité très gentils, ici, mais comme tous les villageois, avides de nouveautés. Ils n'ont pas tellement l'occasion d'aiguiser cette curiosité.

Leur conversation ne concerna par la suite que des banalités.

Une bonne nuit de sommeil permit au voyageur de se présenter tout à fait dispos à la mairie, un peu avant 9 heures. C'est monsieur Andrieux lui-même qui vint à sa rencontre. Une franche poignée de main semblait en parfaite harmonie avec l'allure sportive, faussement décontractée, qu'affichait avec une petite soixantaine monsieur le maire. Romain, malgré sa prudente approche de ses semblables, sut immédiatement qu'on ne pouvait être trahi par un tel homme. Andrieux conduisit le visiteur dans une pièce jouxtant son bureau où, dit-il, *ils ne pourraient être dérangés, sauf par le téléphone.*

Effectivement, seules deux brèves communications interrompirent leur conversation.

Romain installé, le premier magistrat du village interrogea :

— Quel est votre métier actuel ?

— Cadre dans l'industrie automobile.

— Cela semble bien éloigné de la direction d'une scierie.

— Peut-être mais cette scierie, comme vous la nommez, ne semble pas tout à fait répondre à ce que l'on pourrait attendre d'une telle entreprise.

Andrieux rit de bon cœur :

— Vous, alors ! Vous allez droit au but. Vous venez, sans même le connaître vraiment, résumer tout le fond du problème.

Romain sourit après cette affirmation, tentant d'en atténuer la portée :

— C'est pourtant une approche hâtive. Je suis loin de connaître tous les détails de cette situation. C'est un peu pour cela que je vous rends visite.

— Et vous avez très bien fait. Tout d'abord, ce n'est un secret pour personne, ici, que vous avez rencontré la semaine dernière un des responsables de Lux International. Avant d'entamer une conversation sérieuse avec vous, je me permets de vous demander quelles ont été ses propositions ?

— Je n'ai rien à cacher. Une proposition alléchante : une rente viagère sur une tête de 80 000 euros par an, nets d'impôt sous forme d'actions de leur société.

— Effectivement, de quoi décourager toute velléité d'un acte insensé : accepter la succession de votre oncle !

— Oui, mais encourager une curiosité malsaine. Pourquoi tant de largesses proposées sans négociation ? Quelles magouilles en tout genre, cette proposition peut-elle cacher ?

— Je m'aperçois avec plaisir que votre sens de l'honnêteté transparaît dans vos paroles. Mais méfiez-vous, ces gens-là sont, non seulement malins, mais pratiquement intouchables. Grâce à des manipulations financières auprès d'œuvres sociales internationales, ils échappent pratiquement au grand jour à tous soupçons. La plupart de leurs responsables sont décorés : Ordre du mérite, Légion d'honneur, et bien d'autres reconnaissances propres à chaque pays. Tout cela en récompense de leur participation active au fonctionnement des œuvres charitables et leur soi-disant désintéressement.

— Ce que vous m'annoncez peut aussi bien m'inciter à refuser la succession qu'à l'accepter.

— Vous avez tout compris. Concernant les actions, il faudrait les identifier. En effet, si ce sont celles de leurs multiples sociétés dont ils ne sont pas toujours légalement propriétaires, elles sont soumises à fluctuations. Votre capital ainsi constitué peut très vite s'avérer négligeable. Bien entendu, vous pouvez toujours vendre en bourse à bon escient, en vous entourant de conseils… Mais ils connaissent toutes les combines, leurs correspondants sont très bien placés sur le marché boursier.

— Il est vrai que je n'avais pas encore réfléchi à ce problème, les tractations boursières n'étant pas de mon domaine.

— Cela dit, même si vous ne vous enrichissiez pas outre mesure en acceptant leur proposition, cela vous éviterait d'autres soucis, en particulier celui d'une gestion rendue difficile par la mainmise du consortium sur toutes les activités de l'entreprise. Il faut également tenir compte de l'aura dont les affublent non seulement les employés de la scierie, mais également une grande partie des villageois. Ceux-là sont rétribués par Lux International pour toutes sortes d'activités, essentiellement liées au tourisme et aux sports d'hiver.

— Je pensais qu'il ne s'agissait que du remonte-pente et de l'emploi de garde-chasse.

— Pas seulement. Je ne sais quelles explications vous ont été fournies pour la succession, concernant les biens immobiliers de votre oncle. Sachez que, pour ces derniers, il n'était qu'un prête-nom. Il s'agit de vingt-deux chalets luxueux, financés par le consortium, mais dont votre oncle était propriétaire avec contrat particulier. Une vingtaine de villageois sont occupés à temps partiel pour leur gestion. Ces chalets sont loués, été comme hiver, à prix d'or, à des touristes heureux de trouver une station bien équipée, mais peu fréquentée. Le prix des locations assure en fait une sélection naturelle. Sans que personne ne s'en aperçoive, nos villageois changent de mentalité. Il se peut qu'un jour, cette aubaine disparaisse, avec elle d'autres tâches bien rémunérées pour le tourisme, le transport des meubles dans tous les pays… J'avoue mon inquiétude à ce sujet. Issu de souche paysanne, je connais bien en ma qualité de médecin notre population. J'apprécie beaucoup moins qu'avant certains de mes administrés. Ils ont perdu leur simplicité, leur courage, démontrés au temps où leur vie laborieuse n'était pas reconnue.

Romain ne put s'empêcher de poser une question :

— Votre municipalité semble être de gauche, à travers son représentant ?

— Détrompez-vous, elle est sans étiquette politique. Votre oncle a été maire de la commune avant mon élection. Il représentait un courant de droite. Son efficacité et sa gestion sans partage lui avaient donné mauvaise presse. En fait, dans sa petite entreprise, il n'acceptait alors que des ouvriers du village, les communes alentour lui ayant fait une réputation de xénophobie injustifiée. Bien avant que je prenne sa succession, il avait opté pour une étiquette apolitique. Pour bien le connaître, je suis à peu près certain qu'il n'a jamais appartenu à un parti. Privé de femme, d'enfants, il ne vivait que pour sa commune, les habitants étant devenus sa seule parenté. Cela lui a d'ailleurs été reproché par une amie qui a vécu avec lui une quinzaine d'années. Elle n'a pu supporter ce partage et l'a quitté.

— Comment a-t-il pu alors accepter d'être franchisé ?

— Par obligation, car la scierie n'était plus rentable. Il y a quelques années, elle ne travaillait que pour un environnement réduit. Il faut tout de même avouer que le consortium a enrichi notre commune, la faisant connaître hors de nos frontières. Nous devons le remercier pour cela.

Romain commenta :

— Si j'ai bien saisi la situation, Lux International a apporté un bien-être auquel la population s'est peu à peu habituée, ne se souciant que peu de son avenir entièrement lié au bon vouloir du consortium.

— C'est exactement cela, mais après tout comment se plaindre que « la mariée est trop belle » !

— Mon oncle vous a-t-il parlé de son enquête sur sa famille ?

— Oui, mais je suis navré de devoir être aussi franc, vous seul l'avez assez intéressé. À mon avis, il fallait que ses relations avec le consortium soient très tendues pour qu'il dépose ce testament… dont il m'a confié la teneur.

— Merci pour votre franchise. Elle va m'aider dans ma prise de décision également liée à la réunion d'un conseil de famille en fin de semaine. Pouvez-vous répondre de la même façon à deux questions qui m'interpellent ?

— Posez-les toujours, nous verrons bien !

— En ce qui concerne la première, souhaitez-vous personnellement que j'accepte ou refuse cette succession ?

— Je vais vous faire une réponse de Normand, car je suis très indécis pour vous conseiller. Ma première réaction par rapport à la situation que je viens d'exposer, de l'humanisme lié à ma profession, serait de vous dire : attention vous allez au casse-pipe. Cela risque d'être très dur pour vous et votre famille. Mais depuis que je vous connais, je souhaiterais que vous acceptiez. J'aurais au moins un allié solide pour pallier l'éventuel abandon pur et simple de collaboration avec Lux International, bien entendu à son initiative. Nous serions peut-être les seuls à avoir des idées pour atténuer les effets d'un tel départ. Il est vrai que ce serait un travail de titan, mais j'avoue qu'il me tente bougrement.

— Votre réponse est claire, mais ne me surestimez pas. J'ai conscience qu'entre les activités que j'exerce et celles qui seraient les miennes dans le cas que vous évoquez, il y aurait un très large fossé à franchir. J'avoue cependant que ce challenge me conviendrait parfaitement si je n'étais pas chargé de famille. Mais je ne manquerai pas de vous communiquer ma décision la semaine prochaine. La deuxième question m'interpelle tout autant, en sachant qu'elle va vous gêner. Que pensez-vous de l'accident de chasse qui a coûté la vie à mon oncle ?

— Effectivement, c'est une question piège. Comme vous, je ne me suis pas contenté des résultats de l'enquête qui m'ont paru succincts. J'ai donc interrogé quelques participants à cette chasse, notamment deux employés de la scierie et le garde-chasse. Ce dernier demeurait inconsolable, car il se sentait responsable de la mort de Joseph. D'après lui, tout ayant été préparé à l'avance, c'est avec exactitude qu'il a rabattu, avec ses chiens, le cerf sur les chasseurs. Chacun d'eux avait une place assignée, aucun n'ayant transgressé la règle. Seul détail peut-être anodin, qui n'a pas été consigné sur le rapport, les intervalles laissés entre chaque chasseur. Selon la configuration du terrain, les derniers chasseurs qui ont pu tirer sur le gibier, l'ont fait légèrement de biais, et non en ligne droite. Mais cela n'explique pas l'intervention inopinée de votre oncle qui n'aurait jamais dû passer au même endroit que la bête. Il est donc difficile d'émettre une hypothèse différente de celle conclue par l'enquête.

— Mon oncle chassait-il depuis longtemps ?

— Non, en fait ce n'était pas sa « tasse de thé ». Ses patrons, depuis peu de temps d'ailleurs, tenaient à ce qu'il soit présent quand il y avait comme ce jour-là, une partie de chasse précédent une fête et un conseil d'administration. Il devait cependant être doué, car il passait déjà pour un bon chasseur.

— Merci. Je comprends que vous ne puissiez pas aller plus loin dans des investigations éventuelles.

— Honnêtement, je pense qu'elles seraient sans objet.

Romain prit congé de son interlocuteur après s'être inquiété des possibilités de fréquentation du lycée de Cluses pour ses fils, ainsi que des moyens de transport mis à disposition. Avant de prendre son repas, il eut tout de même le temps de partager un apéritif avec le patron de l'hôtel et quelques clients. Aucune question ne lui fut posée pendant ce moment privilégié accompagné d'une chaude et franche ambiance.

Resté seul avec le patron, le voyageur prit seulement la précaution de le prévenir qu'il serait peut-être en retard pour le dîner. L'autre répondit :

— Pas de problème, nous vous servirons quand vous reviendrez de… chez le garde-chasse je crois savoir. Mais à mon avis, il ne va pas vous retenir très longtemps.

— Je vous remercie pour cette précision. Mais rassurez-vous, je ne vais pas le harceler de questions. Je veux simplement me renseigner sur un accident de chasse peut-être stupide.

Le patron fit une petite grimace mais n'ajouta rien.

Au cours de l'après-midi, Romain eut tout le loisir de parcourir à pied la commune. Après une visite générale, ses pas le conduisirent naturellement vers la scierie. Peu avant d'y parvenir il put contempler l'ensemble immobilier cossu constitué par les vingt-deux chalets évoqués par M. Andrieux. Il ne put s'empêcher d'évoquer les vraisemblables magouilles financières qui enrichissaient Lux International sous couvert de nombreuses associations caritatives. Il est vrai que ce n'était pas son problème actuel. Cependant, il pourrait bien l'être, soit en cas de refus de l'héritage où il serait éventuellement acheté avec des actions à taux fluctuants, soit en cas d'acceptation, où il pourrait être la cause de sa propre faillite, entraînant avec lui celle de toute une commune. Quel dilemme ! Il verrait bien, avec la famille. Si les chalets lui semblaient trop luxueux, la scierie et le pavillon attenant l'enchantaient. Comment trouver un meilleur cadre de vie et de travail ?

Fatigué de sa promenade, il alla se reposer dans sa chambre, avant d'aller retrouver, à 19 heures précises, le garde champêtre.

Ce dernier le reçut mieux qu'il n'aurait pu l'espérer. Après lui avoir présenté sa famille, il l'invita à prendre un apéritif que Romain ne crut pas bon de refuser. Sur ses gardes, l'hôte préféra prendre la parole :

— Je connaissais très bien et depuis longtemps votre oncle. C'était un homme efficace et compétent que j'appréciais. Je lui dois d'ailleurs ma situation. Comme tous les villageois, j'ai été chagriné par cet accident me sentant quelque part responsable. L'enquête ne m'a reconnu aucune erreur dans cette affaire, mais je pense souvent que j'aurais pu peut-être l'arrêter dans son élan lorsque je l'ai vu courir vers nous.

Romain le rassura :

— Je crois sincèrement que vous n'avez rien à vous reprocher. Mon seul souci est le contenu des résultats de l'enquête qui ne donne aucun détail sur cette affaire, la façon dont a été préparée la chasse, son déroulement avant l'accident… Cela semble quelque peu bâclé.

— C'est vrai, mais j'étais tellement bouleversé que je n'ai pas beaucoup fourni d'explications. À la réflexion, il n'y a rien eu de changé par rapport à ce que nous avions envisagé… Sauf peut-être la distance entre les chasseurs à l'affût, laissée plus grande à partir d'un certain point que ce qui avait été prévu. Cela aurait pu être dangereux car leur champ de tir était modifié par rapport au lieu où j'ai rabattu le cerf. À la réflexion, pas assez pour qu'un autre chasseur puisse être touché. En ce qui concerne votre oncle, personne n'a compris pourquoi il s'est précipité dans le champ de tir au mauvais moment.

Romain demeura pensif quelques instants avant de conclure, lui aussi, à l'accident stupide. Il pria M. Durand de l'excuser pour le dérangement, avant de rejoindre l'hôtel plus tôt que prévu. Il put ainsi y prendre son repas à l'heure.

Le lendemain matin, un car puis deux trains, au cours de la journée, le ramenèrent dans la capitale. De là, il put rejoindre son domicile, le lendemain son travail. Il ne restait plus qu'à attendre la famille !

IV

Jean et Robert, hébergés par les parents de camarades de classe, ne participeraient pas au conseil de famille. À leur âge, ils n'étaient que peu soucieux de la décision prise par leurs parents. Après avoir assisté à l'arrivée de leurs grands-parents, ils allèrent donc rejoindre les copains pour un week-end de fête. En l'occurrence surprise-partie le lendemain avec autorisation de leurs hôtes qui s'éclipseraient pour la journée. Place aux jeunes ! Si Louis s'était déplacé avec Gertrude, les conjoints d'Élise et de Martial n'avaient pu se libérer. Cela permettrait de loger tout ce monde dans l'appartement, d'autre part, de recueillir les avis des seules personnes concernées. La joie de se retrouver relégua provisoirement au deuxième plan le but de la réunion qu'ils avaient programmé d'un commun accord le soir après le repas.

Chacun voulut oublier jusqu'à cette échéance le choix difficile qu'auraient à faire Lucie et Romain, pour se plonger dans les souvenirs d'enfance. Lucie, qui ne les avait pas vécus, laissa le plus souvent seule l'ancienne famille de son mari, pour vaquer à des occupations d'ordre ménager. Avec l'aide des autres femmes, la vaisselle fut lavée puis rangée, la table débarrassée, avant que chacun prenne place dans le salon. Un gâteau maison accompagna avec une bouteille de champagne une discussion d'où tout humour ne pouvait être qu'absent. Romain, aidé de Lucie, pour le voyage, les visites et les rencontres faits en commun, expliqua longuement la situation. Il rappela le contenu d'une succession particulière, sa réticence à accepter d'un oncle peu apprécié de son père, l'idée même d'un héritage qui éliminait le reste de la famille. Ce seront alors, à l'initiative de Lucie, leur voyage en Haute-Savoie, la découverte du site, du pavillon, de la scierie. Le travail très particulier assuré par cette dernière leur sera révélé, commenté par un directeur intérimaire sur place. À l'occasion d'une somptueuse réception dans un château transformé en auberge de luxe, on fera à Romain une proposition mirifique, à condition de refuser la succession. Cela lui permettait d'ailleurs un partage familial. Il n'oublia pas l'accident stupide de chasse, la gêne de l'administrateur quand il avait voulu en savoir plus, ni l'accueil détestable le lendemain au commissariat de Cluses. Grâce à la complicité de l'hôtelier, il avait pu obtenir les numéros de téléphone du maire de la commune abritant la scierie, ainsi que du garde-chasse. Un autre voyage, en train celui-là, lui avait permis de faire la connaissance d'un médecin maire en tout point sympathique, compétent, vraisemblablement honnête ; ce qui n'était pas toujours le cas de certaines autres personnes rencontrées. Romain fut à même d'apprécier à travers les propos de monsieur le maire, Joseph Parmentier puis le garde-chasse à leur juste valeur. Il semblerait qu'on ait fait à son oncle une réputation peu conforme à la réalité. Ce dont on pouvait être certain, était son attachement à son village et ses habitants. N'avait-il pas été d'ailleurs lui-même maire de la commune ? Romain conclut enfin que, peu versé sur les placements en bourse, il avait compris grâce au maire que la proposition de renonciation était payée peut-être de façon beaucoup moins alléchante qu'il n'y paraissait de prime abord. D'autre part, un léger détail confié par le maire et le garde-chasse, concernant le placement de certains chasseurs en désaccord avec des instructions précises, pouvait amener à demander un complément d'enquête sur la mort de son oncle.

Tous avaient écouté avec attention, Louis posant la première question :

— Mais pourquoi Joseph n'avait-il pas le droit de léguer ses biens immobiliers ?

Romain répondit :

— Excuse-moi, je n'ai fait qu'aborder le sujet. D'après le maire, non seulement ton frère n'était qu'un prête-nom, mais les vingt-deux somptueux chalets dont il aurait difficilement pu devenir propriétaire, sont gérés par des associations caritatives, à mon avis couvrant le consortium. Ce dernier semble ne jamais être propriétaire de quoi que ce soit, mais ses administrateurs doivent également être ceux de ces associations. D'après le maire, il était bien stipulé que ton frère mort, ces biens immobiliers revenaient à des œuvres désignées par testament.

Louis reprit la parole :

— Merci pour ces renseignements. Il fallait que mon frère veuille faire travailler à tout prix ses employés pour accepter de telles magouilles. Avec le recul, je le plains sincèrement.

Élise s'exprima à son tour :

— À mon avis, Romain, il ne faut pas lâcher la proie pour l'ombre. Tu possèdes une bonne situation, Lucie également. Même si les propositions du consortium ne sont pas aussi juteuses que ce qu'il n'y paraît, elles te conservent la possibilité d'attendre tranquillement la retraite, en poursuivant des activités qui te sont coutumières et auxquelles tu adhères avec passion. D'autre part, tes enfants ont la chance de pouvoir continuer leurs études dans la région parisienne. Ils ne trouveront pas mieux ailleurs. Il faut penser en priorité à leur avenir.

Martial acquiesça :

— Tout à fait d'accord avec ma sœur. Il est vrai que je suis comme elle, enseignant. Je pense donc que la rente que tu toucherais au cas où tu refuserais la succession, te permettrait de bien vivre quelques années avant que les actions ne soient éventuellement dévalorisées… Enfin nous pourrions nous contenter en ce qui nous concerne, de splendides vacances passées ensemble grâce à toi. Cela nous suffirait amplement.

Élise, Lucie et Gertrude approuvèrent par des applaudissements. Louis sourit, mais reprit aussitôt la parole :

— Il est vrai que c'est la solution de facilité qui va également enchanter le consortium qui y trouvera son compte. J'ai, en ce qui me concerne, quelques scrupules qui me sont, bien entendu, personnels. Si j'avais été plus jeune, et que cela me soit proposé, j'aurais accepté la succession.

Devant le ressentiment quasi général qui semblait l'entourer, Louis marqua un temps de pause avant de poursuivre :

— Je viens de préciser que les scrupules que j'éprouve me sont personnels. Autant que vous sachiez pourquoi. Je viens d'apprendre que mon unique frère, avec lequel j'avais volontairement rompu toute relation, était à certains égards un type bien. Or, je vous ai dissuadé autoritairement de tout sentiment à son égard. Même si ses idées n'étaient pas les miennes, je dois constater qu'il a consacré l'essentiel de sa vie aux citoyens de sa commune ainsi qu'à ses ouvriers, se faisant, semble-t-il, pas mal d'ennemis. Son combat a vraisemblablement été bien plus difficile que celui que j'ai mené moi-même, car il ne pouvait être récompensé par la reconnaissance des autres.

Louis marqua un temps de pause, comme s'il voulait mesurer l'effet de ses paroles :

— Le choix de Romain pour lui succéder n'est pas dû au hasard. Il était inquiet pour l'avenir de son entreprise et de ses ouvriers. Sa mort accidentelle mérite peut-être aussi des éclaircissements. Le consortium avait-il des raisons de se débarrasser de lui ? Mais ce que j'aurais fait, je vous accorde bien volontiers que je ne peux vouloir l'imposer à Romain, ni à sa famille. Car l'affrontement peut s'avérer être celui du pot de terre contre le pot de fer.

Martial surenchérit :

— Il est vrai, papa, que Romain ne peut avoir la même approche que la tienne. Tu es en effet quelque peu responsable d'avoir diffusé une information peu fiable concernant ton frère. Mais qui peut savoir où se niche la vérité dans tout cela? D'autre part, tes devoirs envers ta famille, pas plus que ton activité professionnelle, ne sont à présent en cause. À l'époque, ta décision ne pouvait être prise qu'après réflexion, et surtout l'avis de maman.

Louis répondit vivement:

— Gertrude n'aurait émis aucune objection, j'en suis certain. Je n'étais pas fonctionnaire, moi. J'étais habitué à prendre plus de risques dans la vie.

Avant que Martial ne réponde, Gertrude prit la parole:

— Dis donc, mon bonhomme, tu oublies que j'avais quitté mon boulot dans la même boîte que toi pour élever nos enfants. Je n'aurais certainement pas accepté de gaîté de cœur que tu prennes ainsi de tels risques. Cela dit, mon côté pratique m'amène à poser une question à Romain. Quels seraient tes émoluments en qualité de directeur de l'entreprise si tu acceptais la succession?

Romain répondit:

— Effectivement j'avais également oublié cet aspect de la situation qui est pourtant important. Mon oncle était payé 8 000 euros par mois, cette somme comprenant le loyer qui lui était versé pour les bâtiments et le pavillon, plus d'éventuelles primes. Mais aucune promesse ne m'a été faite de conserver longtemps la même situation.

Gertrude commenta:

— Cette, pourtant coquette, somme est évidemment, toutes proportions gardées, moins importante que la rente non imposable qui te serait versée… mais en actions. En évoquant les sommes touchées par ce beau-frère que je ne connaissais pas, on peut penser qu'il devait posséder de sérieuses économies, peut-être d'autres biens personnels.

Lucie réagit :

— Vous avez raison, Gertrude. Ces biens n'apparaissent pas dans la succession proposée à Romain… Peut-être dans celle réservée aux associations. Le compte en banque de M. Parmentier Joseph devrait bien être mentionné quelque part, ainsi que le détail de ses placements éventuels.

Romain sauta sur l'occasion qui lui était offerte :

— Je n'ai pas pensé à cela. Au fond, la seule façon d'accéder à une information exhaustive sur le total des biens possédés par mon oncle, serait d'accepter le legs. D'autre part, s'il y avait une raison de soupçonner une malveillance dans l'accident de chasse dont il a été victime, elle serait peut-être liée de près ou de loin à cette absence de transparence. En effet, si le problème des chalets était réglé de longue date, les fonds propres au défunt ne pouvaient que lui appartenir. Si les associations caritatives devaient en hériter, nous autres, légataires en descendance directe, devions en être avertis par le notaire.

Louis insista :

— Une question, Romain, si tu n'étais pas chargé de famille, accepterais-tu cette succession ?

Le fils aîné répondit :

— Sans hésiter. D'autant que j'ai ressenti dans l'attitude du maire de la commune une certaine envie de coopérer avec moi, qu'il n'a pas voulu me cacher.

Le dernier mot sera laissé à Lucie :

— Au fond, la nuit porte conseil… Peut-être qu'une amorce de décision, en s'entourant d'autres avis, de mises en garde, pourrait être prise avec l'aide de chacun, demain après le petit déjeuner.

Soulagés, tous acceptèrent cette proposition, la soirée se terminant dans une chaleureuse ambiance, quelques paroles amènes voulant faire oublier des propos, certes sévères, mais ô combien nécessaires !

Comment engager Romain, sa femme et ses enfants, dans un avenir aussi incertain ?

Il fallait que le légataire puisse s'appuyer sur des renseignements, des avis bien plus étayés avant de prendre une décision.

Après une confortable nuit de sommeil pour les deux couples, un peu moins pour les deux enseignants, ils se retrouvèrent joyeusement au petit déjeuner. Chacun avait pensé à la réunion du matin, attendant avec une certaine impatience de donner son avis.

Installés une nouvelle fois au salon, Élise et Martial demanderont les premiers la parole. Comme ils s'étaient consultés, seule la sœur de Romain résuma le fruit de leur discussion nocturne :

— L'interrogation principale concernant la succession particulière et l'accident de chasse, porte sur le sort réservé à la fortune personnelle de notre oncle, si toutefois elle était assez conséquente pour ne pas échapper à une succession. Pourquoi ne pas demander conseil au notaire? La loi prévoit-elle que seule l'acceptation de l'héritage par Romain ouvre droit à l'information? Mon frère pourra toujours choisir en son âme et conscience lorsqu'il aura la réponse.

Romain répliqua aussitôt:

— L'ennui, c'est que ma réponse devait être donnée dans un mois au plus tard. Il ne reste que quinze jours. Connaissant la lenteur des procédures notariales, je n'aurai aucun renseignement dans le temps imparti.

Louis surenchérit:

— Tu as raison, si bien que ta décision d'accepter ou refuser l'héritage t'incombe entièrement. D'autre part, d'accord avec Gertrude, je pense m'être montré passablement égoïste, hier. Je te demande de me pardonner... Je t'assure que je ne t'en voudrai pas si tu te rallies au conseil de ta sœur et de ton frère : refuser.

Romain sourit avant d'ajouter:

— Avec Lucie, nous avons également réfléchi. Dans les quinze jours qui viennent, je demanderai un entretien avec la direction de la firme automobile. Je pourrai peut-être ainsi obtenir des renseignements sur le consortium, ses actions en bourse. D'autre part, je solliciterai pour ma femme et moi, la possibilité d'un congé sans solde ou une mise en disponibilité.

D'un commun accord, tous pensèrent que c'était la meilleure idée exprimée jusqu'alors.

Lucie eut encore le mot de la fin :

— Je suis à peu près certaine que Romain obtiendra satisfaction auprès de ses employeurs. Il acceptera alors avec ma bénédiction la succession. Il en a tellement envie ! J'avoue que l'idée de prendre une préretraite en Haute-Savoie ne me déplairait pas. D'autre part, à la prochaine rentrée, les enfants ne rencontreraient aucun problème particulier pour poursuivre leurs études. Je devine qu'un avenir sportif au grand air des montagnes ne serait pas fait pour leur déplaire.

Personne n'émit d'opinion, Romain assurant son libre choix. Seul Louis applaudit avant de se précipiter vers Lucie pour l'étreindre et l'embrasser affectueusement. Il avait les larmes aux yeux lorsqu'il proféra d'une petite voix :

— Je vous remercie tous les deux. Peut-être aurons-nous l'occasion de venir passer des vacances en Haute-Savoie… pour juger sur place ?

Martial rit de bon cœur :

— Tu es très opportuniste, papa. Figure-toi qu'Élise et moi avons déjà pensé à ce bon côté des choses. Des vacances à la montagne en famille… quelle joie ! Mais il faudra établir un tour de congé, comme au boulot.

Lucie précisa :

— C'est le côté intéressant, Un appartement de six pièces nous permettra de tous vous recevoir ensemble. Rendez-vous compte, quatre chambres avec douche ou salle de bains.

La réunion de famille se terminait donc sur une note optimiste. C'est dans la bonne humeur, sans penser à l'avenir, qu'Élise et Martial prirent congé de la famille le soir même après avoir embrassé Jean et Robert à leur retour de surprise-partie. Ces derniers pouvaient ainsi récupérer une chambre, l'autre n'étant disponible que le lendemain. En effet, Gertrude et Louis, libres de toute contingence, avaient demandé un hébergement supplémentaire d'une journée. Bien qu'il s'en défendît auprès de Gertrude, le patriarche voulait jouir plus longtemps d'un moment privilégié auprès de sa belle-fille et de son fils. C'était pour lui une façon de les remercier pour le choix difficile de vie qui se profilait à leur horizon. S'il avait osé, il serait même resté jusqu'à la date de l'entretien que Romain ne manquerait pas d'obtenir d'un des directeurs du personnel de la firme. Il s'était même surpris à rêver d'un entretien auquel il aurait lui-même participé. Mais le bon vieux temps était révolu. *Place aux jeunes !* lança-t-il in petto avec un peu de tristesse tempérée de tendresse.

V

Dès le lundi matin, Romain demanda ce rendez-vous qu'il obtint sans difficulté. Il était fixé au jeudi suivant. Louis avant de quitter ses enfants et petits-enfants connaissait donc la date, sachant que « l'affaire » était lancée. En partant, il demanda tout bas à Romain de le tenir au courant par téléphone de ses démarches, plus particulièrement de leurs conclusions. Le fils promit bien volontiers de satisfaire la curiosité de l'ancien, tout à fait saine il est vrai. Essayant de ne pas faire partager leurs inquiétudes à leurs deux fils, Lucie et Romain vécurent les quinze jours de sursis accordés, avec à la fois crainte et curiosité.

Au jour prévu, à dix heures, un directeur du personnel que Romain connaissait pour l'avoir rencontré, et quelquefois combattu au nom de son syndicat, le reçut en toute simplicité :

— Bonjour monsieur Parmentier, je crois que c'est la première fois que vous sollicitez un entretien à titre personnel. Il ne faut pas désespérer ! Tout vient à point qui sait attendre.

— Vous n'auriez vraisemblablement jamais eu ce plaisir… ou cette récompense, si des éléments extérieurs à notre profession ne m'y avaient obligé.

— Une requête nouvelle pour moi, je suis tout ouïe.

— Je viens d'hériter de façon très particulière d'un oncle que je n'ai jamais vu. Il me lègue une scierie en Haute-Savoie, ainsi qu'un immense pavillon attenant, à condition que je continue à exploiter l'entreprise. Ce legs ne vaut pas pour les autres membres de ma famille. Au cas où je refuserais, le tout, avec le reste de ses biens, serait légué à des associations caritatives. Il me reste onze jours pour me décider.

— Effectivement, c'est un choix difficile pour vous, d'autant que votre épouse est également employée chez nous. Je suppose que vous avez pris quelques renseignements ?

— Bien entendu, je me suis rendu deux fois sur place, la première avec ma femme, la deuxième tout seul.

— Et qu'avez-vous appris ?

— Que l'entreprise est en franchise pour le compte d'un consortium nommé Lux International qui, à mon avis, par le biais d'aides « efficaces » à des associations caritatives dans lesquelles ses fondés de pouvoir exercent également des activités, pratique une sorte de blanchiment d'argent, en tout cas obtient de forts crédits d'impôts.

— Et ce testament les gêne quelque peu ! -

— Au point de me proposer 80 000 euros de rente viagère annuelle, mais sous forme d'actions de leur société si je refuse la succession.

— Cette offre vous a-t-elle été faite par écrit ?

— Tout à fait. Dans un cadre paradisiaque, on m'a remis cette lettre.

Le directeur du personnel lut l'offre signée du directeur de Lux International que lui présentait Romain. Il conclut :

— Ces gens-là doivent être en effet très puissants pour se permettre cela. Il est vrai que leurs actions, suite à diverses manipulations boursières, risquent de perdre de leur valeur.

— C'est effectivement ce qu'en pense le maire de la commune où est implantée la scierie. D'autre part, ce dernier est inquiet de la mentalité nouvelle de ses administrés, en quelque sorte presque tous achetés par Lux International. Activités liées à une réserve de chasse, une petite station de sports d'hiver, l'entretien et la location de vingt-deux chalets de luxe. Il m'a laissé entendre qu'il collaborerait volontiers avec moi, tout en me mettant en garde contre les risques que je pourrais rencontrer si j'acceptais la succession.

— Au cas où vous l'accepteriez, votre emploi serait-il maintenu ?

— Oui, comme mon oncle, je serais directeur de l'entreprise. Il était à ce titre payé 8 000 euros par mois, loyer des bâtiments compris, mais primes éventuelles en sus. Cependant, aucune promesse ne m'a été faite quant à la pérennité d'une telle situation. Le risque de perte d'activités suffisantes, donc d'emplois, n'est pas exclu.

— L'activité n'est donc pas seulement locale ?

— Absolument pas. La scierie, la vente de bois de chauffage, sont inexistantes, permettant cependant à des ouvriers surpayés de s'occuper pendant leur temps libre de la station de sports d'hiver ou d'autres activités patronnées par le consortium. Le principal gagne-pain de l'entreprise reste le passage de meubles pour estampille. Mon oncle avait créé, grâce à un menuisier hors pair et sa descendance, la fabrication de meubles régionaux de luxe, reconnus même estampillés. D'autres meubles bien plus nombreux, en tout point semblables, ne font que passer par l'usine, avant d'être expédiés dans divers pays après avoir reçu leur titre de noblesse. Un immense quai reçoit les camions qui assurent ce trafic.

— Oui, je vois, la situation est loin d'être viable à long terme. Vous voudriez donc que nous prenions des renseignements sur Lux International ?

— Si ce n'est pas trop vous demander. D'autre part, nous solliciterions, ma femme et moi, une mise en disponibilité de deux ans.

— Aucun souci en ce qui concerne ce dernier point. Je me charge d'obtenir un congé sans solde pour votre épouse et vous-même à partir de la date qui vous conviendra. Nous vous devons bien ça. Entre votre famille et nous, c'est déjà une vieille collaboration qui ne manque pas de créer des liens. Une question à titre personnel : si vous acceptiez cet héritage particulier, contre le gré du consortium, avez-vous réfléchi à la mutation inévitable de l'entreprise ? Des grincements de dents de la part du personnel seraient alors inéluctables.

— C'est effectivement notre plus grand souci, monsieur le maire et moi. J'ai bien des idées, mais il serait stupide de les énoncer. Je ne connais ni le fonctionnement réel de l'entreprise, pas plus que la disponibilité du personnel.

— Vous êtes un sage ! Une réponse pour mardi prochain concernant le consortium vous convient-elle ?

— Tout à fait, c'est vraiment sympathique de votre part.

Les deux hommes prirent congé après une cordiale poignée de mains.

À 12h30, Romain rejoignit Lucie au restaurant d'entreprise. Il lui raconta brièvement son entretien avec le directeur du personnel. Ce soir, ils auraient le loisir de l'évoquer plus longuement, *peut-être même d'associer leurs deux fils à leur future et proche décision*, proposa Lucie. Le chef de famille approuva sans restriction, jugeant lui aussi le moment opportun pour préparer avec leurs enfants un avenir qui les concernait au premier chef. C'est ainsi que, le soir même, Jean et Robert intégrèrent mieux une situation qui n'avait que sommairement été évoquée par leurs parents. Ils posèrent des questions sur leur avenir immédiat concernant leurs études, mais s'inquiétèrent plus de l'endroit où leur jeunesse avait une chance de se poursuivre, avant de les amener à maturité. Ils ne retinrent que les bons côtés des choses : les sports de montagne, une vie saine dans une station de ski. C'était légèrement enjoliver un village peu connu pour sa mini-station réservée à une élite. Mais les parents ne souhaitèrent pas décevoir leurs enfants, heureux que leurs rêves et leur soif d'aventures en fassent des alliés en cas d'acceptation d'un nouveau mode de vie.

La famille attendit donc sans impatience le fatidique mardi suivant, jour où Romain obtiendrait des renseignements sur un éventuel partenaire, à la fois employeur. Si les quatre membres de cette famille s'étaient exprimés pendant cette attente, ils auraient eu la surprise de constater qu'à l'unanimité, ils souhaitaient une nouvelle vie, l'invite à l'aventure, mais plus encore à l'incertitude. Romain le premier, les autres membres de sa famille, lorsqu'il leur en fit le compte rendu, furent plutôt rassurés par les résultats de l'enquête discrète diligentée par le directeur du personnel de la firme automobile. Il n'avait eu aucune difficulté pour obtenir des renseignements sur Lux International. Comme beaucoup de sociétés à antennes multiples, celle-là était protégée par les « grands de ce monde ». Aucun procès ne semblait lui être opposé, ce qui laissait supposer qu'elle jouissait de la confiance « aveugle » des plus puissants. Le directeur du personnel ne put, bien entendu, pas rassurer Romain sur les moyens employés pour obtenir cette confiance. Tout ce qu'il put affirmer, c'est que l'acceptation de l'héritage lui semblait jouable. D'autre part, il était plus judicieux, à son avis, d'accepter la succession assortie de biens immobiliers et de la confiance du maire de la commune, plutôt qu'une rente qui, par le jeu dangereux de la bourse, des cambistes, risquait de rétrécir telle une peau de chagrin. Bien entendu, ce conseil n'était que personnel, lié surtout à l'estime qu'il portait à Romain, ainsi qu'à la reconnaissance de ses qualités de meneur d'hommes. Si son interlocuteur préférait conserver une vie paisible, quelque peu bourgeoise, il n'en serait pas déçu. La firme les emploierait alors avec plaisir, sa femme et lui, jusqu'à leur retraite.

Romain remercia le directeur du personnel, assez satisfait des renseignements obtenus. Ce qu'il voulut volontairement ignorer, c'est qu'il n'avait pas tout dit. La mort de son oncle était-elle aussi accidentelle qu'il n'y paraissait ? Cet oncle était-il dépourvu de toute fortune personnelle ? Dans le cas contraire, à qui l'avait-il léguée ? Était-il lui-même autorisé à obtenir des renseignements à ce sujet ? Il promit à son interlocuteur de déposer une demande de mise en disponibilité pour son épouse et lui, dès qu'ils auraient pris ensemble l'ultime décision. Romain constata que sa femme était aussi amnésique que lui concernant les interrogations cachées au directeur du personnel. Il est vrai qu'il n'aurait pu leur apporter aucune aide les concernant. Il valait mieux se réserver une enquête personnelle pour plus tard. Après tout, en acceptant la succession, tout était bénéfique pour eux : une vie nouvelle, de grandes vacances pour Lucie, tout cela sans risques. En effet, ils pourraient, s'ils le désiraient, reprendre leurs anciennes activités dans les deux ans qui suivaient. D'autre part, en cas d'échec, la vente de la scierie et du pavillon représenterait une valeur bien plus sûre qu'une rente aléatoire. Une petite voix, celle de la conscience, interpellait cependant le couple, un peu plus le mari que la femme. En cas d'échec, donc de vente des biens immobiliers, que deviendraient les employés de la scierie, la plupart des habitants de la commune ? Cette pensée poursuivra Romain, malgré elle sa femme, puis ses enfants, enfin son père, sa sœur et son frère dans les mois à venir. Mais comment accéder sans risques à une vie intéressante ?

Romain, après avoir averti toute la famille de leur décision, se rendit chez le notaire où il accepta la succession. Il chargea également ce dernier d'effectuer des recherches sur une éventuelle fortune personnelle de son oncle, du legs qui en aurait été fait, et à qui. Le notaire, un peu embarrassé, dut se mettre au travail pour faire effectuer des recherches, certes, mais également mettre officiellement le légataire en relation officielle avec le consortium.

Début décembre, le notaire convoqua Romain. Louis, légataire de son frère, avait été informé officiellement de la succession au seul profit de son fils aîné. Il avait signé une décharge, par laquelle il acceptait ces dispositions, permettant ainsi à l'homme de loi de mener rondement l'affaire. L'héritier désigné pouvait donc prendre possession des bâtiments dès qu'il le voudrait, monsieur Morel étant chargé de lui en remettre les clés. Concernant les biens propres de M. Parmentier Joseph, il n'y avait, semblait-il, aucune trace de leur existence dans les deux testaments. Il faudrait donc se renseigner sur place.

D'un commun accord Lucie et Romain décidèrent de se rendre en famille en Haute-Savoie dès le début des vacances scolaires. La voiture les amènerait, accompagnés de l'essentiel pour le couchage, les vacances d'hiver, la préparation des repas. Deux jours avant la rentrée des classes, Lucie rentrerait avec les enfants. Elle continuerait elle-même à travailler jusqu'aux grandes vacances. De cette façon, l'année scolaire des deux garçons ne serait pas perturbée. Le nouveau chef d'entreprise vivrait donc en célibataire jusqu'à cette date, ce qui lui permettrait de mieux appréhender ses nouvelles responsabilités. Son congé de mise en disponibilité en poche, Romain amènera donc sa femme et sa progéniture en Haute-Savoie fin décembre. Les routes dégagées, la neige peu abondante, ils n'auront pas à utiliser les chaînes achetées pour l'occasion.

Lucie avait bien en tête la situation de l'appartement qui devenait le leur. D'autre part, elle avait noté que tous les meubles de l'oncle, les appareils ménagers, le linge, les ustensiles de cuisine, étaient présents ; la voiture n'avait donc pas été surchargée outre mesure. Ils auraient le temps au moment du déménagement de mieux s'organiser. Les enfants étaient subjugués par le paysage d'hiver qui défilait devant eux. Une impression de froid, ressentie même en voiture, disparaissait quand ils s'arrêtaient pour se ravitailler ou admirer les sommets enneigés. Ces derniers semblaient inaccessibles, leurs cimes blanchies les narguant de toute leur hauteur.

En fin de journée, les voyageurs parvinrent fatigués au terme de leur périple. Comme la première fois, seul monsieur Morel était présent pour les accueillir. Il le fit très civilement, leur confiant à l'occasion les trois jeux de clés avant de s'éclipser. Il allait rejoindre un des chalets mis provisoirement à sa disposition. La voiture garée dans l'immense atelier-garage dont elle avait la jouissance, la famille prit possession de sa nouvelle résidence. Tout était propre, le ménage ayant dû être fait avant leur arrivée. Le petit linge, les draps et les couvertures amenées, suffirent amplement à leurs besoins. En fait tout semblait prêt comme pour une location. Alors que Romain et les garçons montaient les bagages, Lucie se familiarisa avec les pièces, les meubles, les appareils ménagers. Avec autorité, elle indiqua les endroits où devaient être déposées les valises, embauchant à l'occasion son mari et ses deux fils pour le rangement. Ils avaient amené le nécessaire pour le repas du soir. Ce fut un dîner partiellement chaud, la famille ayant même droit à une télévision grand écran, devant laquelle ils passèrent la soirée avant de regagner les chambres que leur avait choisies Lucie. Demain était un autre jour, le début de courtes vacances pour la mère et les enfants, le pied à l'étrier pour le père. Après une bonne nuit de sommeil, effaçant les fatigues de la veille, jeunes et adultes se retrouvèrent devant un petit déjeuner frugal.

Un ravitaillement complet se ferait dans la matinée. En se levant ce matin-là, le couple, tout comme Jean ou Robert chacun dans leur chambre avaient eu le même réflexe : ouvrir la fenêtre, les volets, pour découvrir la montagne qui allait être à plus ou moins long terme pour les uns ou pour les autres, leur cadre de vie. C'était impressionnant. Une sorte de mur blanc s'élevait à cinquante mètres devant eux, partant d'un chemin goudronné partiellement enneigé. Après cette découverte, les yeux se rassuraient quelque peu. La pente était relativement douce au départ de la route, pour progressivement grimper plus hardiment à l'assaut du sommet, comme pressée d'y parvenir. Un téléski d'une quinzaine de sièges aidait les skieurs à se hisser à mi-pente avec leur matériel. Pour l'heure, il était au repos, attendant les sportifs les plus courageux, tout au moins les plus matinaux.

On distinguait à peine, dans la brume matinale, un chalet où aboutissait le tire-fesses. Sur chacun de ses côtés une piste, que l'on devinait, permettait vraisemblablement d'y accéder en raquettes ou en skis de fond. Au-dessus, sinuaient des chemins, à flanc de montagne, invitant des marcheurs intrépides à atteindre le sommet, plus facilement en été. Sur la gauche, on apercevait un plateau arboré, créé par la main de l'homme. *La réserve de chasse !* pensa justement Romain. Quoi qu'il en soit, nos nouveaux montagnards eurent le coup de foudre pour leur nouvel environnement. Robert, plus spontané que son frère, embrassa d'ailleurs ses parents en s'écriant : « Merci, c'est magnifique ! »

La journée commençait plutôt bien, pour Romain, rassuré par l'adhésion de sa famille à ce nouveau type de vie. Il ne lui restait qu'à apprendre un nouveau métier. Ce n'était pas le plus facile : a priori, directeur d'opérette d'une extravagante entreprise. Bah ! il en avait vu d'autres… mais avec moins de risques ! Après la toilette, les enfants voulurent descendre avec leur mère au village y faire des courses, tandis que Romain rejoindrait Morel. Ce dernier, qui surveillait leur arrivée, vint à leur rencontre, demandant :

— Avez-vous bien dormi ?

— Merveilleusement bien, répondit Romain au nom du groupe.

— Inutile d'acheter des skis ou des raquettes, reprit Morel, nous avons tout ce qui faut. Je vais vous indiquer l'endroit. Quant à vous, monsieur Parmentier, si vous le voulez, je ne vous présenterai que demain la scierie en activité. Vous ne remarquerez que peu de camions, à cette époque. Nous reprendrons notre activité principale, ralentie par la neige, dans deux mois.

Romain répondit :

— Je m'en doutais, mais je désire me mettre au courant le plus rapidement possible, en outre faire la connaissance du personnel.

— Vous ne rencontrerez qu'une partie des employés de la scierie. L'autre assure le fonctionnement du téléski, les locations diverses de matériel, l'abonnement à des prestations fournies aux vacanciers, les cours de ski, la sécurité en général… Certains aident à l'entretien des chalets, tous loués actuellement. Quatre personnes seulement demeurent ici pour la vente du bois de chauffage, et pour le fonctionnement de la scierie proprement dite. Ils ont également en charge le déchargement, chargement, ou réception des quelques camions qui s'aventurent jusqu'ici. Pour la menuiserie, le personnel est pratiquement le même qu'en pleine saison, soit quatre ouvriers qualifiés. Nous profitons également de cette accalmie pour donner des congés. L'une des deux secrétaires est ainsi absente actuellement.

Romain trancha :

— Cela sera d'autant plus facile de se mettre au courant en période creuse. Je ferai cependant connaissance des sports d'hiver avec ma famille, deux ou trois fois avant son départ.

— Entendu, je suis à votre disposition. Madame Parmentier, au retour de vos courses, n'hésitez pas à venir nous interrompre dans notre travail pour choisir le matériel promis.

Lucie, plus affable que Romain, répondit :

— C'est très aimable à vous, mes enfants et moi, nous ferons appel à vos services dès notre retour du village. Merci infiniment pour votre accueil.

Romain suivit donc Morel, d'abord à la scierie où trois ouvriers faisaient tourner des machines avec dextérité. Ils débitaient des arbres, d'abord les grosses branches pour le bois de chauffage, puis le tronc sous forme de planches. Ces dernières seraient affinées essentiellement pour les couvreurs et les entrepreneurs locaux sans oublier la vente au détail. Avant sa commercialisation, tout ce bois aura séché après trempage pendant quelques mois. Morel expliqua que certaines forêts leur étaient réservées à condition de les entretenir. Coupes, plantations se faisaient à des rythmes et des saisons imposés. Cela permettait, d'une part, de conserver la nature en l'état, d'autre part, d'approvisionner en partie la scierie, enfin de procéder à un nettoyage, pour éviter la propagation d'incendies éventuels en plein été. L'entreprise prenait tout cela à sa charge, à la place des services communaux ou forestiers. Bien entendu, c'était une façon de ne pas payer très cher la matière première. En outre, la commune reconnaissante percevait des taxes locales tenant compte du travail effectué, également de l'existence d'une vie industrielle et touristique, aussi modeste soit-elle.

Le bois de chauffage était entreposé dans un autre grand atelier avec le matériel propre à sa présentation et son commerce. Un seul employé se tenait ainsi à la disposition de la clientèle, peu nombreuse. La dernière surface, la plus grande, partagée en deux salles, jouxtait le quai de chargement. L'une d'elles était destinée à l'exposition des meubles fabriqués sur place, et ceux apportés en transit pour estampille. Il eût fallu un œil très exercé pour remarquer des différences de style ou de qualité dans ce mobilier. Romain, peu versé en ébénisterie, n'en constata d'ailleurs aucune. Comme l'expliqua Morel, le bois utilisé pour la production locale ne provenait pas toujours des forêts avoisinantes, mais était livré par transport routier avant affinage dans l'entreprise. Il s'agissait de chêne, merisier, acajou, palissandre, ébène… le sapin ou le noyer n'étant que peu utilisés. Tous ces bois profitaient donc de la rotation des camions qui livraient, nombreux à la scierie, des meubles déjà fabriqués. Un atelier plus modeste que la salle d'exposition abritait elle aussi quelques pièces de fabrication locale, ainsi que l'outillage propre à l'ébénisterie. Des menuisiers, au nombre de quatre, y peaufinaient des meubles de qualité tout au long de l'année. Cependant, la production ne pouvait être assez importante pour répondre à une forte commande internationale, principale activité de l'entreprise.

Romain ne put se retenir de poser une question :

— Mais où sont donc fabriqués tous ces meubles qui nous parviennent pour estampille ?

Morel réprima un sourire avant de répondre :

— Une infime partie d'entre eux, ici. Les autres, même pas en Europe.

Romain découvrait ainsi l'identité de l'entreprise ; un faire-valoir pour une production dans des pays sous-développés, employant une main-d'œuvre à bon marché. Mais après tout, si ce commerce profitait aussi à une aide humanitaire, qu'importaient les moyens ! Une petite voix s'élevait, persifleuse : quel était le rapport financier entre l'aide apportée aux populations des pays pauvres et le bien-être de quelques-uns ? Romain pouvait-il encore raisonner ainsi ? C'était le premier piège... Il y en aurait bien d'autres !

La visite prit fin dans les bureaux où le travail semblait intense. Il est vrai que factures, bons de transport, courrier diversifié, téléphone, dommages, assurances... devaient employer les deux secrétaires à plein-temps. Elles étaient, il est vrai, assistées par un aide-comptable qui tenait, selon Morel, une comptabilité quotidienne, puis mensuelle, de l'entreprise. Un spécialiste de Lux International se déplaçait deux fois par an, se chargeant en outre de la comptabilité annuelle. *La transparence de cette dernière échappait peut-être aux dirigeants de l'entreprise,* pensa Romain.

Lisant dans ses pensées, Morel précisa à son intention :

— Un compte rendu est envoyé chaque année au directeur, pour justifier d'éventuelles primes de rendement.

Le nouveau directeur ne fut que très brièvement présenté au personnel. Il ne s'en offusqua pas. Il aurait l'occasion de tous les connaître dans leurs domaines les plus variés. Lui venaient à l'esprit la coupe de bois, le travail propre à la scierie, l'ébénisterie, le secrétariat, la manutention, les sports d'hiver, peut-être d'été, l'entretien des chalets... Mais il devait en oublier. *Vaste domaine*, pensa-t-il.

Lucie et les enfants, après avoir déposé l'approvisionnement effectué à l'épicerie du village, vinrent rejoindre monsieur Morel pour le choix des skis, à défaut de raquettes. Le directeur intérimaire les entraîna, accompagné du chef de famille, dans un des garages des logements réservés aux responsables de Lux International. Se trouvaient là, bien rangés, des skis alpins, des skis de fond, des bâtons, des raquettes, un produit de fartage pour améliorer la « glisse », même des chaussures de toutes pointures. Il leur fut alors précisé :

— Monsieur Parmentier peut choisir un ou plusieurs de ces équipements à titre définitif. Quant à vous, madame, ainsi que pour vos enfants, l'offre vous est faite jusqu'à la fin de votre séjour. Deux jours après votre départ, deux fondés de pouvoir, leurs femmes et des amis, vont venir prendre trois semaines de congé. L'un d'eux aura un entretien avec monsieur Parmentier, l'autre vérifiant la bonne marche de l'entreprise, de la station, ainsi que l'entretien des chalets. Le matériel emprunté pour ces quelques jours sera donc remis en place à leur usage.

Ainsi, Romain, surpris de ne pas avoir été convoqué avant son arrivée, se rendait compte qu'on ne l'avait pas oublié. Il ne put s'empêcher de trouver la manœuvre judicieuse. On ne lui avait pas laissé le temps de discuter en « pays conquis ». Il faudrait donc jouer serré. M. Morel conseilla à la famille des cours de ski avec un professeur payé par le consortium. Le directeur intérimaire ajouta :

— À titre de cadeau de bienvenue, ces cours vous seront offerts gracieusement.

Romain intervint :

— Mais cette personne ne peut être employée à temps complet dans cette activité. Que fait-elle le reste du temps ?

— Elle accompagne également l'été, même au printemps, des groupes de randonneurs. Mais ses activités ne s'arrêtent pas à cela. Elle participe, entre l'arrivée des vacanciers et le départ des précédents, au ménage effectué dans les chalets. Elle est d'autre part la seule à s'occuper des logements de vacances de nos responsables. Sans diplômes, elle est capable de donner un coup de main en cas de besoin, à l'accueil de certains clients, même à la facturation.

— Je vois en effet qu'elle ne chôme pas. Mais les émoluments sont-ils ceux dus à un moniteur de ski ou à une femme de ménage ?

— C'est en effet un compromis de tout cela. Vous remarquerez cependant qu'elle est correctement payée toute l'année. D'autre part, elle exerce été comme hiver des fonctions non seulement passionnantes, mais riches en témoignages de reconnaissance. De la part d'élèves peu doués, par exemple, ayant besoin de cours supplémentaires non comptabilisés. Il faut y ajouter des remises accordées par des magasins de sport qu'elle conseille aux vacanciers.

Romain remercia en précisant :

— Il est vrai que je devrai m'habituer à un monde que j'ignore totalement. Je suis par ailleurs devenu très rigoriste.

Morel rassura :

— Vos craintes sont tout à fait naturelles. Mais avec l'expérience vous remarquerez que nos employés sont dans l'ensemble assez satisfaits de leur sort, surtout lorsqu'ils le comparent à celui réservé au monde ouvrier de cette région.

— N'ayez crainte, je me ferai à cet environnement.

Avant de prendre congé pour le repas de midi, Morel s'adressa à Lucie :

— Madame Parmentier, je suis chargé d'une commission de la part de mes employeurs. Avant que vous ne veniez rejoindre définitivement votre mari, acceptez-vous que mademoiselle Corinne Coppaz, que je vous présenterai en qualité de moniteur de ski, et dans ses diverses occupations, vienne faire le ménage de votre futur logement ?

Lucie répondit :

— C'est très sympathique de la part du consortium. Bien entendu, j'assurerai moi-même l'entretien de mon appartement dès les grandes vacances scolaires.

La famille s'organisa pour ces courtes vacances d'hiver. Il fallait en profiter. Aussi, Lucie et ses enfants, équipés de combinaisons de ski, de grosses chaussettes, gants, bonnets, auxquels s'ajoutaient skis alpins pour Jean et Robert, skis de fond pour leur mère, se rendirent-ils à la station. Corinne Coppaz ne pouvant leur donner des cours que le lendemain matin, ils prirent rendez-vous, mais débutèrent seuls leur apprentissage sur une faible pente, sans avoir recours au télésiège. Cela ne les empêcha pas de prendre beaucoup de plaisir à cet exercice, se relevant sans dommages de chutes inévitables mais sans risques. Dans le même temps Romain faisait plus ample connaissance avec une partie du personnel dont il avait désormais la charge. Visitant tout seul les divers chantiers de son entreprise, il posa discrètement des questions sur la spécialité de chacun. Il s'aperçut que tous travaillaient sérieusement dans une excellente ambiance. C'était aussi le cas des ébénistes présents, bien qu'ils aient l'air plus soucieux. Même s'il le souhaitait ardemment, il ne posa pas de question précise sur leur travail, son évolution. Il aurait bien le temps, après son entretien, de rentrer dans le vif du sujet. Il faudrait que ce soit à l'initiative du personnel, mais comment la provoquer, plutôt que l'insinuer ou la suggérer? Pour cela, il devrait changer de peau, surtout ne pas inciter à des provocations, voire des revendications. Il ne pouvait se préparer que seul à une mutation indispensable. Pas mal de temps serait nécessaire pour obtenir des réponses aux questions que se posait la famille par rapport à la mort de l'oncle, la véritable destination d'une fortune éventuelle. Sa préoccupation principale devait bien être celle de l'avenir de l'entreprise.

En attendant, il se risquerait dès le surlendemain samedi à conserver son équilibre sur des skis avec sa femme et ses enfants. Il se délectait par avance des moments privilégiés qui lui seraient ainsi offerts, plus souvent que par le passé avec sa famille. Il est vrai qu'il était, lui aussi, en vacances. Sa mise en disponibilité ne débuterait que le 15 janvier, car il avait fallu liquider les jours de congé restants. Il eut une pensée reconnaissante pour la firme automobile qui, non seulement avait accédé à toutes ses demandes, mais lui avait gracieusement accordé une prime de départ. Sur le plan financier, il pouvait attendre sereinement les propositions de Lux International.

Le vendredi matin, Lucie et les enfants prirent des cours avec mademoiselle Coppaz. Si Jean et Robert n'eurent aucun mal pour profiter rapidement de l'enseignement de Corinne qu'ils trouvèrent géniale, ce ne fut pas le cas de Lucie, un peu plus raide. La monitrice lui conseilla le ski de fond, lui proposant de les amener avec monsieur Parmentier le lendemain matin sur la piste verte de fondeurs. Les jeunes empruntèrent tout seuls, l'après-midi, le tire-fesses, faisant des débuts très prometteurs malgré quelques chutes inévitables. Lucie accompagna son mari à la mairie pour leur inscription sur les listes électorales. En ce 23 décembre, c'était le moment ou jamais de s'inscrire. Alors qu'ils présentaient les papiers requis, Romain remarqua M. Andrieux qui sortait de son bureau, pour s'entretenir avec la secrétaire de Mairie. Ce dernier reconnaissant le nouveau directeur de la scierie, le fit entrer avec sa femme, pour peu de temps car les consultations à domicile l'attendaient pour la soirée. Après une chaleureuse poignée de mains, Romain présenta sa femme. Les deux hommes se fixèrent un rendez-vous pour converser tranquillement après les fêtes.

Romain, sachant que l'usine serait fermée pendant trois jours, s'y rendit l'après-midi. Il put ainsi poursuivre sa formation sous la coupe de monsieur Morel, aujourd'hui connaître les différentes tâches de chacun. Peu de journées de congé seraient accordées au personnel. Excepté les ébénistes, les autres employés seraient mobilisés pour les fêtes. Il faudrait en effet assurer la sécurité de la station, plus fréquentée à cette période, non seulement par les vacanciers, mais également par les habitants de la commune et des villages voisins. Restée seule dans le pavillon, Lucie en profita pour préparer le repas du soir, prélude à la fête, enfin ranger à son goût leur habitation. Elle pourrait mieux peaufiner leur installation lorsqu'elle s'y installerait définitivement. Le téléphone ayant été branché avant leur arrivée, elle put lancer quelques coups de fil, ne serait-ce que pour communiquer leur numéro de téléphone. Les enfants, à leur retour de la station, étaient à la fois enchantés et éreintés. Après le repas, ils ne prolongèrent pas la soirée, disparaissant dans leur chambre pour une nuit de sommeil réparatrice. Demeuré seul avec sa femme, Romain commenta ses impressions sur la scierie. Il avoua que pas mal de temps lui serait nécessaire pour devenir performant à la tête d'une entreprise assez originale, au moins à cette époque de l'année, encore plus pour assurer son avenir. Il concéda qu'il avait pu constater, sur place, que la plupart des employés semblaient satisfaits de leur sort.

Le lendemain, toute la famille se laissa aller aux joies des sports d'hiver. Jean et Robert, seuls maintenant, purent se perfectionner à leur rythme, à une meilleure approche du ski alpin. Lucie et Romain se contentèrent d'une heure de ski de fond avec Corinne Coppaz. Cette dernière se montra intimidée, comme surprise, lorsque Lucie lui présenta son mari. Romain n'eut aucun mal à rattraper en quelques minutes le cours dont avait bénéficié sa femme la veille. Ils purent ainsi profiter sans risque d'une piste facile, d'abord avec leur monitrice, enfin tout seuls. C'est tout à fait conquis par ce nouveau sport pour eux, qu'ils rejoignirent les enfants au pavillon pour le repas du midi. Ils profitèrent ensemble de l'après-midi, pour aller faire des courses plus importantes à Morzine : nourriture et complément d'équipement pour ces vacances de neige. Le dimanche, veille de Noël, chacun put encore se rendre à la station, y remarquant une fréquentation plus importante, canalisée avec efficacité par toutes les personnes chargées de la sécurité de joyeux vacanciers, pour certains malheureusement imprudents. Romain reconnut la plupart des femmes ou des hommes qui lui avaient été présentés. Pensant à son entreprise, il eut tendance à l'assimiler à une antenne de la secte Lux International, avec connotation religieuse. Mais il fabulait ! Le réveillon fut inhabituel. Les enfants, déjà en possession de leurs cadeaux : l'équipement de sports d'hiver, se contentèrent aisément de cette ambiance familiale. Il est vrai qu'elle serait suivie d'ébats sportifs à leur convenance.

La neige se mit à tomber abondamment après Noël, ce qui obligea Romain à utiliser ses chaînes pour sa voiture. Il lui fut d'ailleurs conseillé d'équiper plus tard son véhicule de pneus neige, indispensables dans cette région, l'hiver. Il comprit à cette occasion que la vie, ici, à certains égards plus agréable que dans la région parisienne, excepté les spectacles ou la culture plus ou moins absents, était tout de même plus rude. Tout bien réfléchi, cela ne pouvait le déranger, pas plus que sa famille, qui garderait de ce premier contact avec leur nouvelle résidence, un souvenir inoubliable.

Une ombre au tableau cependant : les enfants, renseignés par d'autres jeunes dans la station, apprirent que leurs études poseraient plus de problèmes que prévu. La ville de Cluses, à une vingtaine de kilomètres de là, serait la seule à pouvoir les accueillir au lycée, ce qui les obligerait vraisemblablement à un internat. Les parents peu affectés par cette nouvelle, pensèrent que moins de liberté ne pouvait engendrer que plus d'assiduité. Dès le 2 janvier, Romain conduisit sa famille à Cluses d'où elle prendrait le train. Ils allaient donc être séparés jusqu'aux vacances de printemps. Enfin, celles d'été créeraient des modifications dans la vie de chacun : Romain quittant un célibat temporaire, Lucie sa situation pour celle de mère au foyer, les enfants goûtant, eux, à la vie de pensionnaire jusqu'au bac, puis dans une autre ville, s'ils poursuivaient leurs études.

Tandis qu'à son retour de la gare, il garait sa voiture sur une aire prévue à cet effet, pour s'équiper à nouveau de chaînes, Romain prit vraiment la mesure des changements importants intervenus dans sa vie. Conduisant prudemment, car peu habitué aux routes enneigées, il ne put s'empêcher d'évoquer toutes les interrogations auxquelles il faudrait répondre. Mais comme stimulé par l'air pur de la montagne, il conclut qu'une nouvelle vie lui était non seulement offerte, mais en prime une nouvelle jeunesse. Car cette vie, il allait falloir la construire. À l'unisson de ses pensées, la voiture se lança un peu plus vite sur les pentes. Cependant, le conducteur dut s'assagir quelque peu, après une glissade, contrôlée avec difficulté. Quand il regagna le pavillon où il gara son véhicule dans le garage, Romain se jura de ne plus l'utiliser sauf pour de petits trajets en attendant les beaux jours. Il ne s'aperçut même pas que l'expression « beaux jours » n'avait pas la même signification ici que dans d'autres régions. Dans l'après-midi, il retourna à la scierie où il rencontra plus d'employés, déjà même des camions qui avaient bravé le mauvais temps, pour venir effectuer un échange de marchandises : bois et meubles déposés, meubles estampillés ramenés. Ils n'étaient pas nombreux, mais le nouveau directeur fut à même de mesurer l'occupation du personnel qu'ils généraient déjà. Il put ainsi se faire une idée du trafic existant en période plus active, sans risque de neige.

Il observa également la disponibilité du personnel, qui abandonnait en partie son travail sur les pistes de neige, la forte période de vacances scolaires terminée, pour retrouver allégrement des tâches bien différentes. La conclusion s'imposait : ces gens-là étaient contents de leur sort, surtout s'ils le comparaient à celui d'autres villageois des environs. Les vacances des administrateurs de Lux International étaient programmées à partir du surlendemain, l'entretien avec le nouveau directeur le samedi suivant, en l'absence des ouvriers de l'usine, mais en présence de monsieur Morel. Corinne Coppaz vint lui demander un jeu de clés de son appartement car, changeant temporairement de métier, elle allait faire le ménage chez lui, puis préparer les appartements et dépendances prévus pour les administrateurs accompagnés de leur famille. Elle s'acquitta de cette tâche sur deux jours, conservant son emploi de monitrice le matin pour quelques élèves. Pour elle, celui d'aide secrétaire ne débuterait que dans trois ou quatre mois, selon les caprices de la saison.

VI

Le soir de son retour de Cluses, Romain regagna son appartement où il eut la surprise de retrouver Corinne. Elle l'attendait devant deux verres vides, et une bouteille de vin cuit qu'elle avait amenée. Surpris, Romain le fut plus encore, quand elle l'embrassa comme l'aurait fait une fille retrouvant ses parents le soir. Elle rit de la surprise qu'elle avait ainsi créée peut-être involontairement, avant de rassurer :

— J'espère ne pas vous avoir choqué ? Mais j'ai tellement eu envie de vous embrasser quand je vous ai vu la première fois !

Romain, se reprenant, sourit à son tour avant de poser une question :

— Mais pourquoi mon apparence vous a-t-elle fait cet effet ?

— Tout simplement parce que vous ressemblez à s'y méprendre à votre oncle.

— Vous le connaissiez bien ?

— Ma mère a vécu avec lui une quinzaine d'années. Autant dire qu'il m'a, lui aussi, élevée.

— Pourquoi l'a-t-elle quitté ?

— C'est une histoire que je vous raconterai un jour. Mais il faudra mieux se connaître. C'est difficile pour moi !

— Votre mère vit-elle loin d'ici ?

— Elle habitait Cluses, mais un cancer me l'a enlevée il y a maintenant deux ans. Votre oncle a d'ailleurs été très affecté par ce décès.

— Il l’aimait donc encore ?

— À sa manière, un peu brutale. Même si ma mère fut forcée de le quitter, il a été d’une grande bonté pour nous deux.

— Ils se revoyaient ?

— Non, et ils avaient de bonnes raisons pour cela. Cependant, ma mère vivait d’une rente mensuelle qu’il lui versait. D’autre part, il lui avait acheté un appartement à Cluses, qui est donc devenu ma propriété.

— C'était bien de sa part. Quelles sont les fautes qu’il avait pu commettre ?

— Quand vous en saurez plus, si je suis amenée un jour à vous faire des confidences, vous comprendrez qu’il ait été un peu contraint à ces largesses pour faire taire les rumeurs inévitables dans un petit village.

— Après le départ de votre mère, vous êtes donc restée par ici, travaillant en quelque sorte pour mon oncle ?

— Oui, mais dans un appartement de location, car nous n’avions plus que des relations de directeur à employée. En vérité, c’est le consortium qui a voulu me conserver ici, en grande partie pour les cours que je donne en qualité de monitrice.

Romain ne posa pas la question qui lui brûlait les lèvres : *mon oncle n’avait donc plus beaucoup d’argent à sa mort ?* Il verrait plus tard. En attendant, il se laissa servir l’apéritif versé par Corinne. *En guise de bienvenue*, dit-elle.

Avant de le quitter, elle l’embrassa, l’étreignant un peu plus fort qu’il n’eût fallu, rougissant légèrement après ce mouvement d’affection mal contrôlé. Puis elle s’esquiva. Romain demeura un moment songeur, décidant de ne pas poser pour le moment la question concernant les biens éventuels personnels de son oncle, qui n’apparaissaient pas dans les successions. Après ce contact gênant avec Corinne, Romain voulut appeler sa femme le soir même au téléphone. Lucie, représentante du personnel, avait étudié le droit du travail. La firme utilisant ces connaissances, l’avait un moment employée en qualité de médiatrice, mais ce poste marginalisé se transforma bien vite en bureau d'assistante sociale. N'ayant pas le diplôme nécessaire pour l'exercice de cette fonction, Lucie dut céder la place à une employée plus compétente. Il lui était resté de ce bref passage au service de ses collègues, un sens reconnu de l'équité, également des dispositions de psychologue. Peut-être pourrait-elle lui conseiller la meilleure attitude à adopter avec Corinne Coppaz ?

Romain téléphona bien à sa femme, mais n'aborda pas le sujet qui le contrariait. Il prit seulement des nouvelles de sa famille, décidant qu'il faudrait en savoir plus sur l'attitude et les sentiments de la monitrice de ski. Il serait alors toujours temps de demander conseil. D'autre part, pourquoi éveiller des soupçons inutiles ? En outre, son rôle de directeur d'une entreprise peu importante comprenait également le management social. Il fallait assurer. Il est vrai que sa curiosité était piquée au vif. Jusqu'où irait-elle dans ses épanchements ? Connaîtrait-il la nature des relations qu'elle entretenait avec son oncle ? Tout cela ne manquait pas de l'interpeller. Dès le lendemain, il avait rendez-vous avec le maire pour une simple visite de courtoisie. Pourtant un médecin de campagne pouvait écouter certaines préoccupations secrètes de la part de ses patients… comme un confesseur, avec devoir de réserve. Mais aucune aide ne pouvait venir de lui dans une affaire à qui seule son imagination accordait de l'importance. Il aurait été même maladroit de la solliciter.

La veille de l'arrivée des responsables de Lux International, le nouveau directeur de la scierie se rendit donc à la mairie. L'entrevue fut de courte durée avec monsieur Andrieux. Ce dernier très occupé dut très vite s'excuser pour un appel imprévu au chevet d'un malade. Les deux hommes s'étaient simplement présenté mutuellement des vœux de bonne année, le maire se montrant satisfait de la décision de Romain : accepter la succession. D'un commun accord, ils décidèrent de se rencontrer à l'avenir ailleurs que dans les locaux de la mairie. Ce serait si le besoin s'en faisait sentir, soit au cabinet du docteur pour une visite que

Romain programma pour la semaine suivante, soit le soir dans le pavillon de l'usine, quand les administrateurs du consortium auraient laissé le champ libre.

Romain aurait d'ailleurs besoin, comme sa famille plus tard, d'un médecin de famille, ne serait-ce que pour obtenir un certificat d'aptitude aux sports de montagne. En ce qui concernait ses patrons, ils devaient d'abord se manifester, avant de pouvoir établir avec le maire, non pas un plan de bataille, mais à plus longue échéance, une solution de substitution. L'avenir de la commune et de ses habitants allait devenir leur préoccupation principale.

En retournant à la scierie, Romain poursuivit le cheminement de ses pensées. Il remarqua, à cette occasion, qu'il lui faudrait se battre non seulement pour les autres, mais aussi pour sa survie à la tête de l'entreprise. Il y aurait bien une solution en cas d'échec, le retour dans la région parisienne où il retrouverait son emploi dans l'industrie automobile. Il ne voulut même pas envisager cette solution, synonyme de regrets, plus grave : de culpabilité. Pendant les trois semaines qui suivirent, il poursuivit sa formation à la scierie, ne rencontrant plus Corinne chez lui. Elle s'arrangea pour procéder au ménage de son pavillon en dehors de sa présence. Par contre, il bénéficia avec d'autres élèves, de cours pendant les jours fériés. Il fit d'ailleurs de rapides progrès à ski de fond, avant de s'attaquer au ski alpin. L'attitude de la monitrice fut si naturelle à son égard que Romain se demanda si l'émoi qu'elle avait montré un certain soir, propice à des confessions, n'avait pas été le fruit de son imagination.

Les deux administrateurs s'étaient installés avec leur famille dans les deux appartements voisins de celui du directeur. Ce dernier aurait un entretien avec M. Zimmer au début de la semaine suivant son arrivée. Son collègue, M. Lombard, vérifierait plus particulièrement la bonne marche de l'entreprise sur deux ou trois jours.

Avant le départ des deux hommes, une réunion serait organisée avec quatre participants : M.M. Zimmer, Lombard, Parmentier, Morel. À la demande, on pourrait élargir le débat au personnel, afin de mesurer l'ambiance qui régnait dans l'entreprise, plus particulièrement la motivation de chacun.

Le lundi, Zimmer rendit visite à Romain dans son appartement, après l'en avoir averti. Le nouveau directeur avait préparé un café, devant lequel ils attaquèrent la conversation par des banalités. C'est ainsi que l'administrateur demanda à Romain des nouvelles de sa femme, de ses enfants, qu'il aurait l'occasion de rencontrer plus tard. Il s'inquiéta de savoir si tous étaient satisfaits de l'état dans lequel ils avaient trouvé le pavillon, ainsi que de l'avenir envisagé par l'épouse et les enfants en Haute-Savoie. Rassuré brièvement par Romain, Zimmer ne put s'empêcher de poser une question :

— Malgré mes conseils, vous avez accepté cette succession. J'aimerais savoir pourquoi. Mais vous n'êtes pas obligé de me répondre... Nous pouvons passer à un autre sujet.

Romain fixa son interlocuteur, avant de répondre sans ambiguïté :

— Après mûre réflexion, l'avis d'un conseil de famille, j'ai décidé avec l'accord de ma femme d'accéder aux désirs de mon oncle. Je n'avais eu de lui qu'une mauvaise image, à travers la présentation qu'en faisait mon père. Je ne suis pas certain qu'elle soit justifiée. D'autre part, je « ronronnais » quelque peu dans l'exercice de mes fonctions passées, ce qui ne convient pas à mon caractère. Plus de soucis, la responsabilité financière et morale d'un personnel tout à fait nouveau pour moi dans ses activités, sa façon de vivre, ne pouvaient que m'inciter à m'engager dans un autre combat... Je tiens à vous rassurer, ce terme n'a pour moi aucune connotation de déclaration de guerre.

Zimmer s'exclama, narquois :

— Bravo, vous semblez vous être préparé à un entretien débouchant sur une promotion ! Je ne voudrais pas vous décevoir mais ce qui vous attend, tous, dans votre entreprise, ressemblerait plus à de la survie. J'espère que vous avez préservé vos « arrières » en cas d'échec, qui ne pourra être que le vôtre ?

— Effectivement, j'ai obtenu une mise en disponibilité de deux ans. Mais je ne désire surtout pas en bénéficier.

— Vous me semblez effectivement très solide. Mais aujourd'hui, nous ne sommes pas là pour vanter les mérites de chacun. C'est bien de l'entreprise que vous dirigez dont il est question. Je sais que vous vous êtes intéressé à son fonctionnement depuis votre arrivée. Qu'en pensez-vous ?

— Techniquement, je ne suis pas encore prêt à vous répondre, bien que des a priori auxquels je résiste m'interpellent. Pour ce qui est du personnel et de sa polyvalence, c'est une découverte pour moi, mais je la trouve respectable. Après avoir étudié la vie plutôt modeste des habitants de cette région, l'essor du tourisme qui les stimule quelque peu, je pense que Lux International a utilisé au mieux le personnel, lui donnant même l'impression qu'il est surpayé. La réussite à cet égard est parfaite. La polyvalence semble satisfaire des ouvriers non spécialisés, sous-employés par le passé. Seule ombre au tableau : les menuisiers ne respirent pas la joie de vivre.

— Vous venez de faire une excellente analyse qui m'amène directement à une autre question. Que pensez-vous de l'avenir de la vente des meubles dans l'entreprise, qui représente notre principal bénéfice ?

— Je crois avoir cerné cette activité quelque peu marginale. Je ne suis pas spécialiste en la matière, ne pouvant donc déceler des différences notoires entre les meubles fabriqués localement et les autres… hors de nos frontières. Cependant, j'ai peur que trop de débit nuise un jour à la qualité. D'autre part, j'émets des craintes, peut-être non fondées, sur la survie d'un tel trafic. La clientèle risque de disparaître peu à peu.

— Vous comprendrez que je ne puisse être aussi critique, même caustique, que vous ne semblez l'être. Mais je dois avouer qu'il y a du vrai dans vos craintes, notamment en ce qui concerne la survie de l'entreprise… Après tout, qu'importe les raisons, même si je ne pense pas forcément aux mêmes que vous.

— J'en déduis donc qu'à plus ou moins long terme, vous pourriez commencer par des reprises d'emplois, pour finir par restreindre, enfin cesser, notre collaboration.

— Votre analyse est brutale, mais assez réaliste. Cependant, ce n'est pas aussi simple que vous venez de l'exprimer. Si nous avons débuté par une franchise dans notre collaboration avec votre oncle, nous nous sommes très rapidement substitués à lui pour le bien de tous.

— Je ne le conteste pas, et vous en remercie en son nom. Cependant, et c'était la question essentielle que je voulais poser : quel est le contrat de travail qui nous lie ?

— Décidément, avec vous, nous allons droit au but. Je commence à croire que vous avez bien fait de ne pas suivre mes conseils. Cependant, la difficulté essentielle réside dans le fait qu'il n'y ait pas de véritable contrat entre Lux International et l'entreprise. Après la franchise, nous devenions sous-traitants, mais comme vous le savez au nom d'un consortium qui compte de nombreuses sociétés à peu près toutes locataires d'associations caritatives. Nous ne sommes que très rarement propriétaires des murs. Dans le cas qui nous intéresse, vous n'êtes pas un industriel, mais un directeur d'entreprise sous contrat de travail signé entre Lux International et l'ancien directeur décédé. Enfin, vous êtes propriétaire des murs, donc bailleur pour le consortium.

— Je comprends la complexité d'une telle situation. Deux questions se posent alors : existait-il un bail de location entre mon oncle et vous ? Dans ce cas, peut-il être dénoncé à tout moment après son décès ? D'autre part, êtes-vous tenu de me garder en qualité de directeur de l'entreprise ?

— Nous pourrions en effet nous venger, face à votre refus de propositions pourtant alléchantes…

Zimmer grimaça devant le sourire narquois de Romain, avant de poursuivre, imperturbable :

— Cependant, vous avez des droits et des devoirs, nous également. Nous n'avons donc, comme vous le souligniez d'ailleurs, aucun intérêt à déclarer une guerre préjudiciable pour les deux parties. Si vous le désirez, vous demeurerez directeur de l'entreprise mais deviendrez, en toute légalité, bailleur des bâtiments.

— Je ne cherche que le bien de l'entreprise. Je ne demande donc qu'à écouter vos propositions.

— Comme vous le savez, votre oncle percevait des émoluments fixes de 8 000 euros par mois, mais location des bâtiments comprise. Il devait donc prélever de cette somme des impôts fonciers pour des bâtiments à usage industriel, sans être censé percevoir des loyers. Il en va de même des chalets pour lesquels il n'était qu'un prête-nom. La commune et la région, tenant compte de l'apport non négligeable que représentaient pour elles ces biens immobiliers, ne percevaient qu'un impôt réduit. Ainsi, les véritables émoluments mensuels de votre oncle ne s'élevaient qu'à 6 000 euros, plus une prime de fin d'année liée à l'activité de l'entreprise. Ce sont ceux que nous vous proposons pendant six mois, en qualité de directeur, assisté dans ce laps de temps par M. Morel. En sus, nous verserons un loyer pour les bâtiments abritant la scierie, et la partie du pavillon destinée aux vacances de nos cadres supérieurs. J'ai apporté un bail de location renouvelable tous les ans. Nous vous offrons 1 500 euros/mensuels au titre de la location, qui vous permettront, compte tenu des bonnes relations que nous entretenons avec la Mairie, de vous acquitter de vos impôts locaux. Qu'en pensez-vous ?

— Je suis bien obligé d'accepter cette proposition. Elle me semble, a priori, honnête dans le sens où je vous ai un peu forcé la main. D'autre part, un bail de location me semble plus adapté à une bonne collaboration, quelle que soit sa durée. Enfin, je pense que les statuts de l'entreprise devraient être mieux définis, ainsi que les conventions de travail concernant le personnel. Lux International a-t-il mis en place des conventions collectives opposables à toutes ses entreprises ?

— Franchement non. C'est un consortium international qui échappe à certaines règles nationales. Mais vous avez dû vous apercevoir que, dans l'ensemble, les employés y trouvaient leur compte.

— Du point de vue rémunération, c'est exact, avec en contrepartie une force de travail exceptionnelle. Cependant, les garanties sociales me semblent être précaires.

— Nous cotisons à la Sécurité Sociale au même niveau que les entreprises nationales françaises, en ce qui concerne les assurances maladie et retraite.

— D'accord, mais j'ai constaté l'absence de cotisations à une mutuelle, pire encore, celle de retraite complémentaire.

— C'est vrai, mais ce n'est pas dans notre logique de fonctionnement. Ici comme ailleurs, les employés, grâce à des heures supplémentaires et des primes, peuvent cotiser à une mutuelle, ainsi que se constituer une retraite complémentaire. Certains préfèrent peut-être des moyens financiers plus importants pour l'éducation de leurs enfants et l'accession à la propriété.

— C'est à mon avis un mauvais choix. La santé peut coûter très cher à un individu mal assuré. D'autre part, les retraités profitent plus longtemps que jadis de leur inactivité, et sans argent, l'oisiveté risque d'être bien pesante. Mais nous n'avons certainement pas les mêmes idées dans les choix de sociétés.

— Effectivement, je ne vous suivrai pas dans ce débat d'idées.

— J'entends bien. Concernant plus particulièrement les garanties d'emploi, avec un semblant de conventions collectives, comptez-vous apporter des modifications dans les statuts propres à la scierie ?

— Avant notre départ, M. Lombard réunira peut-être le personnel. Nous pourrions alors lancer un débat dans le sens que vous indiquez. Je compte tout de même sur vous pour choisir votre camp. N'oubliez surtout pas que vous êtes embauché en qualité de directeur d'entreprise, et non de représentant syndical.

Romain éclata de rire avant de répondre :

— Touché ! Mais rassurez-vous car je désire avant tout une bonne information du personnel. Mon expérience de syndicaliste m'a appris qu'il vaut mieux prévenir que subir. C'est également vrai pour les deux partis. Certaines entreprises ont regretté un manque d'information, surtout l'absence de règles bien définies, lors de procès aux prud'hommes.

— En ce qui nous concerne, nous échappons plus ou moins à vos règles nationales de défense du personnel. Cependant, nous sommes fortement impliqués dans l'humanitaire. Cela nous conduit à nous montrer plus corrects que certains en cas de reprise de personnel ou de fermeture d'entreprise. Mais, comme beaucoup, nous ne pouvons cultiver la philanthropie.

— Soyez sans crainte, je ne vais pas réunir le personnel avant les explications de M. Lombard, ni après son départ. Ce n'est pas mon rôle. Cependant, je crains qu'on ne se serve de mon arrivée pour me faire porter le chapeau d'une chute dans les ventes de meubles. Elle remonte, je l'ai constaté, à environ deux ans, et se poursuivra inexorablement si nous ne trouvons pas de solutions… ou n'avons pas la volonté de les chercher.

— À votre place, j'aurais, je le pense, analysé la situation de la même façon, refusant toute responsabilité. Je rapporterai les conclusions de notre entrevue à M. Lombard. Ainsi, après ses vérifications, il jugera de l'utilité de nous réunir à quatre, vous, M. Morel et nous.

Après s'être serré la main, les deux hommes ne se saluèrent par la suite qu'à l'occasion d'une rencontre imprévue, ou sur les pistes de ski. Romain mit à profit ce temps mort pour prendre des renseignements plus ciblés sur l'entreprise auprès de M. Morel. Ce dernier ne se permit jamais aucun commentaire, prétextant que son seul travail en qualité d'intérimaire était de faire tourner au mieux l'entreprise. Il ajouta qu'il la connaissait depuis quelques années, pour en avoir assuré la vérification comptable. Il ne pouvait régler les problèmes de personnel qu'au jour le jour, sa responsabilité n'étant pas engagée à longue échéance. Il confia cependant à son « élève » les dossiers plutôt succincts qui concernaient les employés.

Romain constata à cette occasion qu'ils ne contenaient aucun élément lié à la moralité, ni aux compétences antérieures de chacun. Peut-être existaient-ils ailleurs d'autres renseignements. D'autre part, aucune organisation syndicale n'était représentée, les salariés faisant aveuglément confiance à leur employeur. Le nouveau directeur ne put s'empêcher de remarquer que sa situation était délicate. Il ne pouvait mettre en garde le personnel contre des mauvais choix qui avaient été faits avant son arrivée. À son avis l'entreprise ne s'était pas adaptée à de nouvelles demandes de la clientèle, notamment en ce qui concernait l'ébénisterie. Mais son manque d'expérience en la matière ne lui permettait même pas de formuler des conseils. Il ne pouvait davantage s'ouvrir de ses craintes au maire avant le départ des deux administrateurs. Il ne fallait pas condamner par avance une collaboration dont il attendait beaucoup. Ses va-et-vient pour l'instant devaient être surveillés… Rien n'échappe aux habitants d'un village.

Romain prit quelques cours de ski alpin avec Corinne, fier à présent de pouvoir montrer ses progrès à sa famille quand elle viendrait pour les prochaines vacances scolaires. Ce serait au printemps, et la neige aurait peut-être disparu. Il faudrait s'habituer également à des saisons bien différentes de celles de la région parisienne. La monitrice, en présence d'autres élèves il est vrai, ne lui accorda toujours pas d'attention particulière. Il eut droit à la même bienveillante sollicitude que les autres. Il en fut satisfait, bien que les relations passées de Corinne avec son oncle le préoccupassent toujours.

Romain n'avait toujours pas abordé le sujet avec sa femme lors de leurs fréquentes conversations téléphoniques. Confusément, le nouveau directeur pensait que c'était mieux ainsi. Cependant cela le gênait quelque peu car, avec son épouse, ils avaient été habitués à ne rien se cacher. Cette confiance réciproque ne s'était jusqu'alors jamais démentie, leur permettant de réfléchir souvent à deux, face aux cas sociaux qui se présentaient à l'un ou l'autre. Concernant des aventures extraconjugales, le fait de travailler dans la même entreprise les en avait dissuadés. Leur qualité de représentant du personnel s'accommodait mal de critiques de toutes sortes, enfin, ils n'avaient pas eu grand mérite à rester fidèles car leur couple n'avait jamais connu de dissensions sérieuses.

VII

Alors qu'ils empruntaient ensemble le tire-fesses, M. Lombard indiqua une date pour la réunion qui était prévue à quatre. L'annonce se fit discrètement, le vérificateur ajoutant qu'il n'avait rien remarqué d'alarmant. Cependant, une réunion permettrait d'envisager l'avenir à six mois, date à laquelle Romain aurait terminé sa formation, et assurerait toutes les responsabilités confiées à un directeur. Les quatre hommes se réunirent dans l'appartement de Romain. Ce dernier avait seulement préparé café et biscuits.

M. Lombard prit la parole le premier :

— Comme je l'ai déjà rapporté à M. Parmentier en aparté, je n'ai rien trouvé d'anormal dans la comptabilité, pas plus que dans la gestion de l'entreprise. C'est tout à fait à l'honneur de M. Morel, quand on pense aux diverses activités confiées à une poignée d'hommes et de femmes. Cependant, force est de constater une forte diminution dans la vente des meubles. Cela ne concerne pas la chalandise locale qui demeure stationnaire, ne justifiant cependant pas l'emploi de quatre menuisiers à elle seule. L'acquisition de mobilier estampillé dans divers pays baisse régulièrement, la clientèle ayant tendance à se diversifier. Les jeunes préfèrent des styles plus modernes à moindre prix, les amateurs de fine ébénisterie fréquentent les antiquaires, tandis que d'autres se contentent de copies de meubles anciens qu'il est difficile de trouver dans les pays exportateurs auxquels nous nous adressons. Chacun peut se rendre compte que les transporteurs ne voyagent pas souvent à plein, obérant ainsi le chiffre d'affaires. Quelles sont les solutions ? Faut-il supprimer à terme un ou deux menuisiers ? Se reconvertir dans la fabrication de copies d'ancien, en faisant appel à une main-d'œuvre plus nombreuse, hautement qualifiée ? Le prix de revient de tels meubles ne correspondrait plus au commerce particulier que nous exerçons.

Morel s'exprima à son tour :

— Nous pourrions effectivement fabriquer des meubles différents pour relancer la vente à l'extérieur, mais comme vous les faites remarquer, il faudrait non seulement plus de menuisiers, mais encore, modifier notre atelier de fabrication. La vente locale ne s'en trouverait pas augmentée pour autant. En effet, nous sommes entourés de villes peu distantes où sont installés d'immenses magasins de meubles. Le plus près de chez nous se trouve à Avoriaz. Il vend, livre, exporte même des meubles de style savoyard. Leur commerce florissant ne se contente pas, bien entendu, de ce style, mais leurs prix sont largement supérieurs aux nôtres.

Romain s'inquiéta :

— Je suppose que ces magasins ne vendent pas de meubles estampillés provenant de pays lointains. Cela explique la différence de prix. Ne pensez-vous pas qu'une nouvelle clientèle ne soit susceptible de déceler des différences entre la fabrication locale et les copies estampillées ?

— Ces copies sont de très bonne qualité, répondit Zimmer, et peuvent donner le change durant encore quelques années. Mais je pense également, tout à fait entre nous, que les pays que vous évoquez, M. Parmentier, ne pourraient faire face à une demande de styles plus élaborés, correspondant en outre au marché que nous avons choisi. Pour y parvenir, il faudrait envoyer chez eux une main-d'œuvre de qualité ; de plus, investir dans un outillage nouveau.

— Nos remarques aboutissent à la même conclusion, conclut M. Lombard : nous pourrons poursuivre ainsi notre actuelle collaboration pendant un ou deux ans, en supprimant le moins de personnel possible. Puis il faudra envisager la transformation de notre commerce qui, géographiquement, pourrait s'exercer en France dans d'autres régions, voire dans d'autres pays. C'est la vocation du consortium international de s'adapter. Malheureusement, dans ce genre d'activité, les sentiments n'ont plus leur place.

Romain réagit :

— La situation semble à terme désespérée concernant la fabrication et le trafic des meubles. Comptez-vous prévenir le personnel de ces craintes plus que justifiées, ou voulez-vous gagner du temps ?

M. Lombard répondit :

— Je vais être franc, je n'ai pas l'intention de réunir le personnel avant mon départ. Nos conclusions le démobiliseraient.

— Là, je ne suis plus d'accord ! se récria Romain. J'ai bien signifié à M. Zimmer que je ne voulais pas être tenu responsable d'une situation qui ne m'incombe pas.

Lombard répondit vertement :

— Elle fait partie de votre héritage. Il ne fallait pas l'accepter.

Romain se leva, menaçant :

— Nous voilà en pleine vengeance… soit ! Mais il faudra expliquer au personnel comment vous auriez pu le conserver si j'avais refusé de succéder à mon oncle. Vous ne partez que dans quelques jours, ce qui me donne le temps de réunir les employés avec vous. À moins que vous ne filiez à l'anglaise !

Morel tenta d'intervenir :

— Mais M. Parmentier, il n'est pas question de licencier tout de suite… Comment le personnel pourrait-il vous tenir responsable de l'évolution de la situation ? Les employés ne sont pas stupides. Ils se sont aperçus de la baisse du trafic. Il ne faut surtout pas les démotiver !

Romain précisa plus calmement :

— En fait, il s'agit dans l'immédiat de la situation de quatre personnes qui, si j'en juge pour les avoir interrogées, semblent soucieuses, comme décalées par rapport au reste du personnel. Il faut d'ailleurs remarquer qu'elles sont les seules à ne pas compter sur la montagne pour les faire vivre.

M. Zimmer précisa :

— Oui, mais elles sont les mieux payées.

Romain voulut avoir le dernier mot :

— C'est aussi la raison pour laquelle elles seront licenciées. Tenant compte de la diversité des tâches confiées aux employés de l'entreprise, de l'isolement de ces menuisiers, pourquoi ne pas les réunir tous les quatre ? À mon avis, ils pourraient, mieux que moi, émettre des idées sur une exploitation nouvelle de leurs compétences. S'il s'avérait qu'aucune solution satisfaisante puisse être retenue, nous les aurions au moins préparés avec un semblant d'honnêteté à d'éventuelles reprises d'emplois. Ils pourraient s'organiser avec notre aide, pour prévoir cette situation.

Zimmer intervint immédiatement :

— Contrairement à ce que je pensais, votre qualité ancienne maintenant de représentant du personnel va peut-être nous rendre service. Si les autres sont d'accord, je me rallie à votre proposition. J'avoue mon attachement à ce village et ses habitants. Une sortie sous les huées me dérangerait.

Lombard conclut :

— Vous avez gagné, monsieur Parmentier, nous organiserons cette réunion la veille de notre départ, donc dans cinq jours, après la fermeture de la scierie. Elle se tiendra ici, chez vous, si cela ne vous dérange pas. D'autre part, c'est vous qui allez y inviter les menuisiers… à moins qu'ils ne soient en congé.

Morel ayant rassuré tout le monde, en affirmant que les quatre ébénistes pourraient être présents, le nouveau directeur accepta la mission qui lui était confiée. Romain et Lombard se serrèrent la main, comme pour excuser leurs réactions parfois brutales. Seul à présent dans son pavillon, le légataire put informer téléphoniquement sa femme des résultats de cette réunion. Il n'était pas encore temps de rencontrer officiellement M. le Maire, sauf peut-être pour une visite médicale. C'est cette dernière qu'il décida de programmer.

Le surlendemain de la réunion avec les fondés de pouvoir de Lux International, il se rendit au cabinet en fin de matinée. Le docteur Andrieux consultait chez lui trois fois par semaine entre 11 heures et 12 h 30. En cas d'urgence, il se rendait à domicile, abandonnant ses deux fonctions et les servitudes qu'elles impliquaient. Ce n'était pas facile, mais il assurait d'autant mieux que tous les habitants, convaincus de son honnêteté, de sa compétence, faisaient preuve de la plus grande indulgence. Deux patients avaient pris place avant lui dans la minuscule salle d'attente. Le docteur les fit appeler tour à tour pour des visites d'une vingtaine de minutes. Puis ce fut le tour de Romain que le docteur présenta à sa femme.

Pendant le même laps de temps consacré aux autres patients, une visite de routine ne fit que constater la parfaite santé du nouvel habitant de la commune. Le toubib prescrivit une prise de sang complète afin de mieux connaître son nouveau client. Cela ne prit pas plus de dix minutes. Romain fit alors brièvement le récit de ce qu'il avait appris depuis son arrivée, ainsi que des différentes entrevues avec les deux administrateurs. Le maire l'écouta attentivement, le félicitant pour son intervention. Il lui conseilla d'être prudent auprès des menuisiers, quand il les inviterait tout à l'heure à l'ultime réunion. « Ce sont des gens d'ici, méfiants à l'égard des nouveaux venus. Il ne faudra pas trop en dire ». Romain demanda néanmoins s'il pouvait les préparer à l'entrevue de façon positive, en les questionnant par exemple sur la façon dont ils envisageaient l'évolution de leur fabrication.

Andrieux répondit :

— Voilà une idée intéressante pour laquelle j'aurai moi-même des suggestions à vous faire plus tard. Il serait cependant imprudent de donner ainsi l'occasion au consortium de se désengager plus rapidement, heureux peut-être de l'opportunité de ne pas verser des indemnités liées à la perte d'emploi.

Romain conclut :

— Effectivement, ce ne sera pas simple. Après le départ des administrateurs, j'aimerais que nous nous rencontrions.

— J'allais vous le proposer. Disons jeudi prochain chez vous après la fermeture de l'usine, pour « une visite médicale à domicile ».

Romain rit de bon cœur :

— Je vous remettrai à cette occasion les résultats de mes analyses.

De retour à la scierie, l'apprenti directeur réfléchit à la situation avant d'aller s'entretenir avec les menuisiers. Il proposa à Morel de l'assister auprès d'eux quand il irait les inviter pour la réunion, prévue dans trois jours maintenant.

L'intérimaire se fit quelque peu tirer l'oreille :

— C'est vous qui avez sollicité cette situation inconfortable. Préparer les employés à une perte d'emploi éventuelle n'est pas dans la mode du temps. L'entreprise doit toujours être en position de force.

— Je comprends votre position personnelle. Je ne vous demande pas de vous exprimer, seulement d'être présent pour cautionner en quelque sorte la demande de vos supérieurs.

— Soit, mais soyez prudent.

Le soir même, les deux responsables de l'entreprise réunirent les quatre menuisiers dans la même pièce, à l'abri de regards indiscrets.

Romain prit, comme convenu, la parole :

— M. Lombard nous a fait un compte rendu d'activité concernant plus particulièrement le domaine ébénisterie qui, comme vous le savez, représente l'activité essentielle de l'entreprise. Il n'a pas mis en cause votre savoir-faire car malgré un marché concurrentiel devenu difficile, la vente locale est restée à peu près stable. Cependant, vous ne pouvez ignorer qu'elle ne peut intéresser à elle seule Lux International. Je suppose que vous avez remarqué une baisse de trafic des camions, souvent à moitié chargés. Les estampilles sont bien moins nombreuses qu'auparavant.

Le chef d'équipe, monsieur Morin, s'exprima alors au nom de ses camarades :

— Oui, mais tout cela n'est pas de notre faute. La qualité des meubles qui passent pour estampille s'est beaucoup dégradée, peut-être à cause d'une production trop importante des pays fabricants. Mais que pouvons-nous faire en ce qui nous concerne ? Nous sommes assez bien payés pour un travail souvent peu qualifié et la réception des camions. Nous savons que des mises à pied sont inéluctables.

Morel prit la parole sans y être invité :

— Vous voyez bien, M. Parmentier, ces gens sont conscients de la situation, d'autre part raisonnables. Le consortium saura tenir compte de leur bonne volonté.

Romain répliqua :

— Je ne pense pas qu'à terme, une attitude aussi passive soit propice à une sortie honorable. J'ai obtenu, des administrateurs, le droit pour vous de les rencontrer. Je vous rassure, je ne vous propose pas d'être agressifs. Cependant, il serait bon que nous réfléchissions ensemble aux moyens de reculer l'échéance des reprises d'emplois. Qui, mieux que vous, pourrait apporter des idées sensées ? Qu'en pensez-vous ?

M. Morin, après avoir consulté du regard ses collègues, demanda :

— Elle est prévue pour quand cette réunion ?

— Dans trois jours chez moi, après la fermeture de la scierie. Nous vous demandons la plus grande discrétion auprès de vos autres collègues.

— D'accord, comptez sur nous. Cependant, je ne vois pas

comment nos idées pourraient favoriser une vente hors de nos frontières. Mais vous avez peut-être raison, il nous faut prouver que nous sommes inquiets pour notre avenir dans l'entreprise.

Romain n'était pas mécontent de ce contact un peu forcé avec les menuisiers. Morel, lui, ne fit pas de remarque, surpris peut-être du ton employé par un nouveau directeur dont le passé syndicaliste l'inquiétait quelque peu. Sa situation personnelle était elle-même en jeu, mais elle ne semblait intéresser personne.

Comme convenu, les menuisiers, les deux administrateurs et M. Morel se rendirent à l'invitation de Romain dans son pavillon. Le directeur de l'entreprise n'avait pas voulu considérer cette réunion comme une fête. Il n'offrit donc à cette occasion que des jus de fruit. Chacun y fit d'ailleurs honneur en toute décontraction.

M. Lombard s'exprima le premier :

— Comme vous le savez, c'est à la demande de M. Parmentier que nous sommes réunis aujourd'hui. Il a dû vous expliquer pourquoi. Il est vrai que, contrairement aux autres années, je n'envisageais pas de m'adresser au personnel, cela pour deux raisons : la première concerne le travail remarquable réalisé par tous. Ce dernier sera récompensé par des gratifications que les employés vont percevoir comme à l'accoutumée sous forme d'actions. M. Morel nous a préparé la liste du personnel, et le montant des primes revenant à chacun selon son efficacité. À mon avis, ni vos collègues ni vous ne devriez être déçus. Cela n'appelait donc aucun commentaire de ma part. La deuxième raison n'est pas liée à la peur d'annoncer que le secteur meubles, plus particulièrement ceux destinés à être vendus à l'étranger, soit en forte baisse. Cela ne concernant que vous quatre, j'avais peur de créer un climat d'incertitude général. Je vous répète ce qu'a dû vous préciser M. Parmentier, je vous demande la plus grande discrétion auprès de vos collègues. Il sera toujours temps, lorsque nous aurons négocié ensemble l'évolution de la situation, de communiquer les résultats et les mesures prises, concernant, je le précise, le seul secteur menuiserie. Cependant, je dois étudier, à échéance d'un ou deux ans, au moins une reprise d'emploi si la situation n'évoluait pas à la hausse. Avec M. Zimmer, nous sommes donc d'accord avec la requête de M. Parmentier : chercher des solutions pour éviter une diminution d'effectifs. Peut-être avez-vous pensé à une piste qui permettrait d'améliorer la situation ?

M. Morin, toujours au nom de ses camarades de travail, prit à son tour la parole :

— Tout d'abord, nous tenons à vous remercier d'avoir accepté cette entrevue. Cela prouve que contrairement à d'autres sociétés, vous restez honnêtes. Vous l'avez d'ailleurs démontré dans un passé récent. Concernant les idées, elles existent, mais leur mise en application demanderait un autre outillage, peut-être une extension de nos ateliers, ainsi que de nouvelles machines.

Satisfaisant aux regards interrogateurs de Lombard et Zimmer, Morin poursuivit :

— D'une part, tout en poursuivant une production habituelle, nous pourrions reprendre l'exploitation du style savoyard. Le matériel est beaucoup moins cher, le bois étant fourni et débité sur place. Ces meubles sont en effet exclusivement fabriqués en pin, pour la partie non visible, mais la plus résistante en sapin. Vous n'ignorez pas que des magasins sont installés près de notre village. Ils accepteraient peut-être une partie de notre production. À l'exportation, ces meubles coûteraient moins chers et intéresseraient vraisemblablement une clientèle montagnarde. D'autre part, mais il s'agit d'un travail plutôt local, quelques entreprises viennent de très loin installer des chalets. Quelques-unes ont eu l'idée d'y intégrer des meubles construits sur place. Cela permet de créer des espaces libres plus importants. Nous pourrions aménager à la demande des habitations existantes… Si nous sommes ambitieux, nous lancer dans la construction de chalets.

Zimmer, Lombard et Morel se consultèrent pendant quelques minutes avant que l'administrateur concerné aujourd'hui puisse apporter une réponse :

— Vos propositions sont intéressantes et méritaient d'être exposées. Concernant la production locale, destinée aux magasins importants, avec transport des meubles sur 200 kilomètres alentour, c'est dans le domaine du possible. Par contre, la deuxième idée d'aménagement, voire de construction de chalets, aussi judicieuse soit-elle, ne pourrait déboucher que sur la création d'une nouvelle entreprise. Il faudrait alors l'aider dans sa mise en place, puis son exploitation. Je veux bien étudier cette idée mais je demeure pessimiste. En effet le consortium n'envisage plus la même gestion que celle que nous avions négociée au départ avec feu M. Parmentier. Enfin, ces alternatives ne permettent pas à une utilisation à plein-temps des transporteurs. Il faut savoir que des bénéfices importants passent par une fabrication dans des pays dont la main-d'œuvre est mal rémunérée. C'est une sorte de partage d'un mieux-être payé par les plus riches. Les meubles que vous évoquez, fussent-ils d'excellente qualité, ne présenteraient pas l'attrait de ceux que vous fabriquez actuellement, recherchés par une clientèle bourgeoise, en quête d'un ameublement artistique. Nous allons tout de même étudier l'ensemble de vos propositions avec sérieux. Je vous demande de conserver le secret de cette réunion. Le temps de la réflexion ne devrait pas excéder deux à trois mois pendant lesquels, comme je vous l'ai promis, il ne sera pas question de reprise d'emploi. D'ores et déjà, M. Parmentier peut se mettre en quête de débouchés locaux sur une nouvelle production. Je le charge également de faire évaluer le coût d'une nouvelle installation. Merci messieurs pour votre intelligente participation et votre agréable compagnie.

Après une franche poignée de main, tous sauf Romain quittèrent l'appartement. Ce dernier n'était pas mécontent de la tournure prise par les événements. Même si sa contribution n'avait pas été aussi efficace qu'il l'aurait souhaité, elle avait permis aux employés de s'exprimer… mieux que ne l'aurait fait la hiérarchie, de meilleure façon que ses collègues de travail, pourtant syndicalistes, dans des situations semblables. Mais le doute ne l'atteignit pas pour autant ! Pour atténuer des pensées par trop euphoriques, notre directeur se persuada que beaucoup restait à réaliser.

— Aller négocier avec les magasins de meubles, peut-être même les transporteurs locaux.

— Prendre l'avis de M. Andrieux pour appréhender l'avenir de la meilleure façon.

Une foultitude d'idées nouvelles l'assaillait, mais nombreuses étaient celles qui se heurtaient à son incompétence momentanée. Il se jura de faire l'effort nécessaire pour se hisser au niveau… de M. Morel par exemple. À la réflexion, était-ce une bonne idée ? En fait, il ne souhaitait pas devenir son ami.

Un autre sujet de satisfaction immédiat avait été le bail de location des bâtiments, et le versement d'une année de loyers. Bien entendu, il était écarté à juste titre d'une prime de rendement, mais avait touché la moitié des émoluments qui lui étaient dus pour six mois, le temps du stage. Le consortium semblait plus honnête qu'il aurait pu le penser. Pour quelle raison son oncle aurait-il été supprimé ? L'accident de chasse n'était-il qu'un crime déguisé ? Pourquoi se focaliser sur une telle accusation ? Peut-être par respect pour son père. Ce n'était pas suffisant. *Après tout, tout vient à point à qui sait attendre*, se dit-il.

Le travail a maintenant repris, à la scierie, sans que la visite des deux administrateurs n'ait perturbé le moral des employés. La réunion avec les menuisiers n'ayant pas été éventée, chacun vaque à ses diverses occupations, les sports d'hiver occupant encore en grande partie le temps de chacun. M. Morel semble mieux communiquer avec Romain, lui apportant une aide plus efficace dans son apprentissage de directeur. Ce dernier rencontrera, dans quelques jours, le maire, à Avoriaz. À l'occasion, ils déjeuneront en tête à tête, à l'abri des regards indiscrets.

VIII

Cela fait une semaine que messieurs Zimmer et Lombard sont repartis avec leur famille. Romain vit au jour le jour sa vie provisoire de célibataire. Ce soir, après un repas frugal, il a téléphoné à sa femme, regardé un film à la télévision, avant d'aller se coucher avec un bon livre. Au plus profond de son premier sommeil, il est réveillé en sursaut… non par un bruit insolite, mais par une étreinte de tout son corps et des caresses ciblées, d'abord sur une cuisse, la main bienveillante remontant jusqu'au pénis qui est d'abord effleuré, puis doucement malaxé. Romain tout à fait réveillé veut se dégager. Une main collée à sa bouche le prive de paroles, tandis qu'une voix féminine connue lui chuchote à l'oreille :

— J'ai trop envie de vous. Vous ne risquez rien avec moi. Faites-moi l'amour, je vous en supplie.

L'homme reconnaît la voix de Corinne et va peut-être succomber. Mais ses craintes sont plus grandes que l'envie fulgurante qu'il sent monter en lui, se matérialisant par une érection prometteuse. Il repousse avec douceur le corps de la jeune femme, écartant les deux mains qui le privent de liberté. Contenant son émoi, c'est d'une voix apaisante qu'il s'exprime :

— Mais non, Corinne, ce n'est pas sérieux. J'ai, bien entendu moi aussi, envie de vous, mais notre situation future serait insupportable. Veuillez m'excuser, mais je ne peux me permettre la moindre faiblesse.

La jeune femme éclate alors en sanglots, consolée par Romain qui évite tout geste, même amical, qui pourrait l'amener à l'irréparable. Avant d'allumer la lampe de chevet, il dit doucement :

— Levez-vous, rhabillez-vous, et préparez-nous un café. Je vous rejoins dans dix minutes dans la salle de séjour. Vous pourrez ainsi vous confier à moi en toute amitié. Je vous sens si perturbée ! Quelle que soit la situation que vous ayez connue avec mon oncle, je suis prêt à l'entendre.

Corinne partit sans un mot en pleurnichant. Elle balbutia :

— J'ai honte, j'ai tellement honte... Pardonnez-moi.

Romain attendit cinq minutes avant de revêtir une robe de chambre, puis alla rejoindre Corinne. Elle s'était réfugiée à la cuisine où elle était assise sur un tabouret, la tête entre les mains posées sur la table. Elle pleurait doucement. L'homme s'approcha d'elle, lui mit le bras sur l'épaule avant d'annoncer :

— Remettez-vous, je prépare un café.

Dix minutes plus tard, ils étaient attablés devant un café frais, assis l'un en face de l'autre. Cette fois Romain attendit que Corinne s'exprime. Un peu calmée, essuyant ses larmes, elle prit courageusement la parole :

— Il faut me pardonner... Je vous dois des explications. Quand votre oncle a connu ma mère, j'avais douze ans. Joseph, excusez-moi si je l'appelle par son prénom, fut un véritable père pour moi, celui que je n'avais jamais connu. Mieux que ma mère, il entreprit mon éducation, montrant une patience rare, insoupçonnable par rapport à ses réactions habituelles, plutôt violentes. Le couple s'accorda parfaitement durant quelques années. Si bien qu'à mon retour de pension, le samedi, j'avais plaisir à le retrouver. À 17 ans, déjà bien formée, je ne fréquentais que peu les jeunes de mon âge. C'est à cette époque que ma mère tomba malade, connut une rémission, puis une longue convalescence, pour enfin sombrer irrémédiablement, atteinte d'un mal incurable. Joseph l'aida de son mieux, partageant son temps entre son travail et celui de garde-malade. Son seul plaisir était de me retrouver le samedi. Pendant le week-end, nous allions faire ensemble de longues promenades en montagne, qui s'ajoutaient à des séances de ski l'hiver, sport pour lequel notre passion était partagée. Il vieillissait très bien, jusqu'à être convoité par plusieurs jeunes femmes dans le village. Mais il repoussait gentiment toutes les avances. Je m'aperçus très vite que j'éprouvais pour lui encore plus d'amour que d'affection. Sans le vouloir, je me fis plus tendre avec lui, l'encourageant vraisemblablement à moins de pudeur dans nos rapports. Un dimanche, alors que nous marchions imprudemment en montagne, nous fûmes surpris par un violent orage. Un refuge de berger désaffecté nous permit de nous mettre à l'abri. En riant, nous tentions de nous réchauffer en nous étreignant. La suite était prévisible. Joseph m'enlaça plus tendrement, et c'est consentante que je lui offris mes dix-huit ans. Nous demeurions un peu gênés après ces élans amoureux, mais partant d'un commun éclat de rire, nous fêtions le retour du soleil en faisant une deuxième fois l'amour. Nous tenant par la taille jusqu'aux premières habitations, nous rentrions chez nous tout à fait sereins. Ma mère ne s'aperçut que plus tard de notre liaison, car nous prenions des précautions pour cacher nos sentiments. Ses fréquents séjours en clinique nous permirent de mieux assouvir notre passion jusqu'à ce que nous perdions toute notion de prudence. Maman, rentrée pour un repos non prévu à la maison, nous surprit dans mon lit, incidemment. Elle ne pardonna pas et décida de quitter Joseph. Je m'installais donc avec elle à Cluses dans l'appartement qui est le mien maintenant. Honteux, votre oncle ne se contenta pas d'offrir le logement, mais il y ajouta une pension alimentaire. Je crois qu'à cette époque, malgré l'amour sincère qu'il me témoignait, il voulait tenter de s'éloigner de moi. Je suis donc entièrement responsable de la passion que nous avons entretenue jusqu'au décès de ma mère. Sur les conseils de Joseph, je suivis des stages de monitrice de ski et de sports de montagne, ce qui nous éloigna l'un de l'autre. Je l'oubliais quelque peu, connaissant des amourettes avec des garçons de mon âge. Il devint si jaloux que je dus rompre brutalement nos relations. Il en souffrit énormément, et cela me peina, bien entendu. C'était devenu pour moi un « vieux » qui, je m'en persuadais, avait assez profité de ma jeunesse. C'est peut-être le remords, mais plus vraisemblablement votre ressemblance avec votre oncle, qui m'a attirée vers vous. Vous étiez seul, dans une situation délicate à la tête de l'entreprise, j'ai eu envie de vous aider. Mais je dois l'avouer, je retrouvais Joseph à l'âge où il m'avait aimée avec tant de fougue. Je n'ai eu alors de cesse de partager votre lit. Je mesure à présent le grotesque d'une telle situation. Vous voudrez bien me pardonner ?

Romain quelque peu gêné répondit :

— Je n'ai aucune raison de vous en vouloir. Vous me faisiez non seulement un don que je ne méritais pas, mais que j'ai eu quelques difficultés à refuser. J'ai été habitué, dans mon ancien emploi pour conserver mon image de marque de syndicaliste, à refuser toute proposition de ce genre. Je n'ai pas eu alors grand mérite car j'aime ma femme. Croyez bien que me sentant un peu seul, j'ai eu beaucoup de mal à refuser une liaison, aussi dangereuse soit-elle. Je vous dois un grand merci pour m'avoir fait rêver. Par contre, je n'ai pas aimé vos pleurs… Vous méritez beaucoup mieux que moi !

Corinne alla laver les deux tasses, revint faire une bise sur la joue à Romain, puis disparut comme si rien ne venait de se passer. La première excitation passée, l'homme reprit son calme. Il ne s'attendait pas à de telles manifestations de luxure de la part de Corinne. Par contre, son discours devant un café lui avait paru posé, comme préparé à l'avance. Il ne pouvait ni demander conseil à Lucie, ni lui rapporter les scènes curieuses qu'il venait de vivre. Une question l'interpellait avant de s'endormir : Corinne avait-elle cédé à des pulsions amoureuses incontrôlées… ou à un plan d'action bien préparé ? Il sombra toutefois dans un lourd sommeil réparateur mais, à son réveil, il n'avait pas plus d'explications concernant l'attitude de la jeune femme. Outre l'entrevue avec le maire, sa familiarisation avec son nouveau rôle de directeur d'entreprise, pas très importante il est vrai, deux actions semblaient prioritaires :

- prendre contact avec les magasins de meubles ;
- suivre discrètement les faits et gestes de Corinne Coppaz.

Ce fut pourtant M. Andrieux qui eut la priorité de ces actions. Alors que Romain écoutait à midi les dernières nouvelles en même temps à la télé et sur la radio, selon la pièce qui l'accueillait, la sonnerie de la porte d'entrée retentit. C'était le maire qui, profitant d'un moment de liberté, rendait visite au directeur de la scierie. Souriant, il demanda :

— Je vous dérange à l'improviste. Si vous êtes occupé, je peux m'en aller. Ce sera pour une autre fois, le jour de notre rendez-vous au restaurant par exemple.

— Vous avez très bien fait de prendre cette initiative. J'ai du nouveau. Nous allons prendre l'apéritif.

Devant un vin cuit et des biscuits, Romain relata la réunion avec les menuisiers et les administrateurs de Lux International.

Andrieux réfléchit un instant avant de prendre la parole, puis s'exprima à son tour :

— Je vous félicite pour votre initiative. Elle aurait été également la mienne, à votre place. D'autre part, j'ai à peu près les mêmes idées que Morin pour la sauvegarde de l'entreprise. Il est évident que seule une extension de la production locale peut intéresser le consortium. Si vous obtenez des accords avec les grands magasins proches de la commune, ce qui semble plausible, une meilleure vente locale diversifiée est possible. Elle permettrait de faire perdurer une situation assez confortable pour vous comme pour la Mairie. Plus tard, en prenant les autres idées de l'ami Morin, nous pouvons envisager l'avenir.

Romain curieux l'interrompit :

— Mais comment s'y prendre pour préparer l'échéance inéluctable de reprises d'emplois, puis la fin de notre collaboration avec le consortium ?

— Il ne faut pas brusquer les choses, mais j'ai quelques idées à plus ou moins long terme.

— Lesquelles ?

— M. Morin est le fils du menuisier qu'avait embauché votre oncle pour la conception et la fabrication du type de meubles que vous vendez. Il est maintenant à la retraite, mais a hérité d'un immense terrain et de granges assez importantes, le tout pouvant abriter une grosse entreprise.

— Nous pourrions donc envisager de nous associer, pour créer une société nouvelle ?

— Vous avez tout compris. Cependant je n'ai jamais parlé de cette idée à l'intéressé.

— Et vous pensez qu'il serait d'accord ?

— Oui, à condition que son fils prenne en main la situation, ce dont il est fort capable.

— Peut-être, mais le fils est lié par contrat à Lux International. Il faudra donc attendre les premières mises à pied.

— Effectivement, mais dans un an, par exemple, vous pourriez proposer au consortium d'étendre son activité à la deuxième entreprise, avant de vous laisser voler de vos propres ailes.

— Mais que deviendraient à terme la scierie et les autres activités, en particulier celles liées aux sports d'hiver ?

— C'est là que j'interviens. Je vois déjà un grand hôtel à la place de la scierie, le plus beau de ceux qui seraient construits pour lancer la plus grande station du département. Nous vous achèterions les bâtiments et le terrain, nous utiliserions de même bien d'autres forêts dont nous sommes propriétaires, pour créer une station gérée par la Mairie.

— Avec quels fonds ?

— Avec des prêts. Un projet bien présenté ne devrait poser

aucun problème. Nous aurions ainsi l'occasion de faire travailler non seulement tout le village, mais une grande partie des autres communes alentour.

Romain, un peu abasourdi, réagit tout de même :

— C'est une idée magnifique. Je suis à votre disposition pour vous aider à la mener à bien. Ce ne sera pas simple, mais je suis certain que nous y parviendrons.

Andrieux tempéra l'ardeur de Romain :

— Il faudra tout de même nous armer de patience. À mon avis, il sera bon d'essayer avec l'aide du consortium, de maintenir le plus longtemps possible tout le personnel en place, dans l'intérêt de tous.

Romain conclut :

— Vous avez tout à fait raison. Dans deux ou trois mois, un administrateur nous a promis de venir discuter notre projet initial. Nous jugerons à ce moment-là de l'opportunité de proposer la création d'une nouvelle société, en franchise ou sous une autre forme d'accompagnement.

Alors que le maire s'apprêtait à prendre congé, son interlocuteur lui posa une question :

— Simple question, monsieur le maire, ma ressemblance avec mon oncle est-elle flagrante ?

M. Andrieux resta interloqué avant de répondre :

— Pas particulièrement, peut-être un air de famille, mais pas au point de vous confondre si vous aviez été à côté l'un de l'autre. Mais pourquoi cette question ?

— Je ne peux encore vous répondre, mais vous venez de me rendre un vrai service.

Les deux hommes se séparèrent, fixant une autre date pour leur repas à Avoriaz, le temps pour Romain de préparer l'ébauche de nouvelles activités dans l'immédiat. Aidé de Morel, Romain étudia la mise en place du matériel nécessaire à la fabrication de nouveaux meubles, style savoyard. Ils s'aperçurent que ce problème n'était pas le plus important, car les mêmes machines pouvaient être utilisées pour des productions différentes. Il suffisait de se consacrer à chacune des fabrications pendant un laps de temps assez long, afin que le réglage différent du matériel soit utilisé sans discontinuer pendant une vingtaine de jours. Les meubles reçus par camions pour estampille parvenant en moindre quantité, ils pourraient profiter de l'espace libre ainsi créé pour entreposer tour à tour les deux catégories de meubles, à condition de ne pas les stocker trop longtemps.

Le problème majeur qui les interpellait n'avait pas été envisagé : celui du bois de pin ou de sapin. Certes, ils avaient à leur disposition des forêts qui leur permettraient d'extraire ces essences à moindre prix, mais encore faudrait-il intensifier cette exploitation, surtout faire sécher la coupe, qui ne pourrait donc être utilisée immédiatement. La conclusion de ces constats était simple : si le consortium retenait l'idée d'une extension de production locale, il faudrait acheter du pin et du sapin propres à une production immédiate. Cela allait augmenter le prix de revient pendant environ deux ans. M. Morin fit tout de même remarquer que le sapin, largement excédentaire, extrait et traité pour la scierie, pourrait dans un premier temps aider à lancer la nouvelle production. Fort de ces estimations, Romain put aller visiter des magasins de meubles au nombre de trois dans un proche environnement. À Sallanches, il fut fraîchement reçu quand il se présenta en qualité de directeur de son usine. Personne n'ignorait le trafic du consortium que les professionnels critiquaient ouvertement. Romain dut alors faire preuve d'humilité et de persuasion. Il exposa à demi-mots ses craintes : le consortium ne pourrait très longtemps assurer la survie de son entreprise. Il cherchait donc des solutions de remplacement, en particulier la relance d'une exploitation essentiellement locale, mais nouvelle. Les trois grands magasins accueillirent favorablement ses propos, prêts à étudier des propositions futures d'achat et de revente de meubles. Ils y mirent cependant une condition : ces meubles, qu'ils soient de style régional, des copies d'ancien ou ceux fabriqués actuellement, devraient tous être produits localement. Romain comprit à cette occasion que le mobilier commandé à bas prix dans des pays pauvres, accusait des différences de qualité et de savoir-faire par rapport à la production des ébénistes de l'usine. Il se promit d'acquérir l'expérience nécessaire pour se rendre compte par lui-même des carences constatées dans le mobilier qui leur parvenait en transit. Après ces visites, il lui arriva plus fréquemment de poser des questions, à Morin ou autres menuisiers, afin de parfaire ses connaissances.

Dans le même temps, il s'intéressa aux forêts qu'ils exploitaient, se rapprochant ainsi des ouvriers de la scierie. Il les suivit plusieurs fois lorsque, se transformant en bûcherons, ils allaient entretenir le patrimoine forestier, planter, couper ou élaguer des arbres, dans un but intéressé, certes, mais aussi celui d'aménager harmonieusement les bois qui leur étaient confiés. À l'occasion, le nouveau directeur apprécia, d'une part, sa nouvelle qualité de vie en montagne, mais également les employés de l'entreprise. Ces derniers démontraient une parfaite connaissance de la nature, des forêts, du traitement du bois, tout cela ajouté à l'amour des sports de montagne auxquels ils initiaient leurs semblables. Romain comprenait qu'il s'agissait d'une existence en autarcie au service des autres, en quelque sorte une survie, cependant une expérience incomparable. « S'intéresser à plusieurs métiers ». Bien entendu, cela leur permettait de vivre et de travailler « au pays », mais au prix d'un dur labeur souvent mal rémunéré. Le chef d'entreprise ne put s'empêcher de penser au consortium qui avait permis à ces gens-là de travailler dans de meilleures conditions, avec des avantages non négligeables. *Il faudra faire aussi bien !* pensa-t-il. Il n'avait plus qu'à attendre la venue de M. Lombard pour préparer l'avenir. Avant cela, deux tâches lui restaient à accomplir de sa propre initiative :

- surveiller les faits et gestes de Corinne Coppaz ;

- avoir un entretien avec M. Morin père, en présence de son fils, de M. Andrieux, ou les deux.

IX

Romain pensait que la surveillance des allées et venues de Corinne présenterait quelques difficultés, du fait qu'elle habitait, lui avait-elle laissé entendre, son appartement à Cluses quand le temps le permettait. Néanmoins, le nouveau directeur voulut savoir si elle s'y rendait en voiture ou par tout autre moyen de transport. Les cours de ski devenus rares en ce mois de mars, la jeune femme faisait du secrétariat à mi-temps pendant les congés de ses collègues. Elle y ajoutait le ménage dans les pavillons et l'appartement de Romain. Ce dernier rencontrait Corinne vers dix-neuf heures, quand elle quittait le logement qu'il allait lui-même rejoindre. Elle ne pouvait donc se rendre à Cluses qu'en voiture. Un soir, après avoir salué la jeune femme d'un « Bonne soirée » alors qu'ils se croisaient, puis avoir fait mine de rentrer chez lui, Romain fit demi-tour, et, à la faveur d'une obscurité naissante, fila la monitrice de ski. Il fut d'abord surpris de ne pas la voir regagner une voiture, se demandant où elle avait pu la garer.

Comme il approchait des pavillons destinés aux vacanciers, il la vit se détourner de son chemin, avant de pénétrer dans l'un d'eux. L'homme ayant repéré le lieu, resta en faction pendant quinze minutes. Ne voyant pas ressortir Corinne, il eut envie d'aller vérifier le nom du locataire présent en cette période. Mais prudemment, il réserva sa visite au lendemain, de préférence à l'heure où Corinne serait employée au secrétariat de la scierie.

Dès le jour suivant, il s'absenta, pour rejoindre les pavillons. Il s'approcha de celui remarqué la veille, découvrant une surprise qui allait l'amener à une enquête délicate. Sur la boîte aux lettres, étaient inscrits deux noms: Morel Frédéric et Coppaz Corinne. Ces deux-là vivaient donc ensemble. Depuis quand se connaissaient-ils? Romain se souvint qu'avant la mort de son oncle, c'était Morel en personne qui était chargé de la vérification de la comptabilité de l'entreprise, pour le compte du consortium. Quels rapports avaient pu exister entre le directeur intérimaire, Corinne, et son oncle avant la mort de ce dernier? L'enquêteur se persuada qu'il ne fallait surtout pas tirer des conclusions hâtives par rapport à des événements peut-être plus fortuits qu'il ne pouvait l'imaginer… ou l'espérer. C'était donc à une véritable enquête qu'il devrait se livrer. Mais se faire aider par qui? Par personne! Surtout pas les employés, encore moins le consortium… Peut-être le maire… Mais que savait-il au juste? Dans un premier temps, Romain devrait agir seul, rapidement, mais discrètement. Une piste lui fut suggérée par une lettre de Lux International lui annonçant la venue de M. Lombard le 15 mai, à l'occasion d'une réunion du personnel, suivie d'une partie de chasse près de la réserve. Curieusement, il n'était pas invité à la deuxième partie des festivités, en l'occurrence : la chasse. Pourtant, son oncle y participait.

Fallait-il se faire inscrire, ou voulait-on l'éloigner de ce divertissement?

Romain, curieux, s'informa donc sur l'organisation de cette partie de chasse. Quelle ne fut pas sa surprise d'apprendre que M. Morel assurait tous les ans cette tâche !

Le directeur obtint ce renseignement de l'intéressé lui-même qui pâlit quelque peu lorsqu'il fut interrogé à ce sujet. Après avoir précisé d'une voix hésitante qu'il avait effectivement la charge de l'organisation de la battue, enfin de la chasse elle-même, avec M. Durand, le garde-chasse, il se reprit en demandant:

— Pourquoi, vous êtes chasseur ? Si vous voulez y participer, je vous invite avec plaisir.

Romain voulut répliquer que cela lui semblait normal, puisqu'il avait succédé à son oncle. Mais modérant son propos, il se contenta de répondre :

— Je ne suis pas un grand chasseur, mais si vous me prêtez une arme, je serai au moins curieux de voir comment se déroulent la battue et la « mise à mort ».

Sèchement, Morel répondit :

— C'est entendu, on vous prêtera un fusil. Je vous communiquerai les modalités de la chasse, l'emplacement de chacun, le vôtre en particulier, ainsi que les règles de sécurité.

Le directeur remercia sans autre commentaire. Une nouvelle visite à M. Durand s'imposait, mais « l'enquêteur » trouva plus judicieux de préparer cette entrevue et la visite à M. Morin père avec M. Andrieux. Cela tombait bien puisque, dans quatre jours, il devait déjeuner avec le maire, à Avoriaz. Romain ignorait ce qui pouvait ressortir de tout cela, mais son intérêt était en éveil.

Le maire et le directeur de la scierie se retrouvèrent donc à Avoriaz dans un restaurant réputé, en toute discrétion. À cette saison ils ne remarquèrent que peu de clients. Cela leur permit de s'exprimer en toute liberté devant un bon repas frugal. Romain fit part de ses différentes démarches auprès des magasins de meubles, dans l'ensemble plutôt positives. Il expliqua qu'il avait acquis la certitude que le matériel déjà en place pourrait suffire à une nouvelle production, ce qui n'entraînait que peu de dépenses supplémentaires pour un projet d'extension de fabrication locale. M. Andrieux se montra satisfait, mais impatient de connaître les intentions de Lux International. Ils convinrent que, contrairement à ce qu'ils avaient prévu, une visite à M. Morin père s'imposait avant même la venue de M. Lombard.

Au dessert, Romain ne put s'empêcher d'interroger monsieur Andrieux sur un sujet qui l'intéressait particulièrement :

— Avez-vous eu des rapports avec le directeur intérimaire, M. Morel. Le connaissiez-vous avant ce remplacement ?

— Je le connais d'assez longue date, en fait, par Joseph, à l'époque où il était chargé de la vérification de la comptabilité. Je crois que leurs rapports, assez bons au début, se sont détériorés quelque peu au fil des années. Mais je n'en connais pas vraiment la cause. J'ai tout de même été mis en relation avec Morel, d'abord en sa qualité de responsable de la chasse et la sécurité qui y était liée, enfin depuis qu'il dirige l'entreprise… pour des broutilles concernant le personnel de l'usine.

— Vous êtes certain de ne pas en savoir plus en ce qui le concerne ?

Andrieux semblant très gêné répondit :

— Mais que devrais-je savoir de plus ?

— Veuillez m'excuser, monsieur le maire, je sais que vous êtes doublement lié par un devoir de réserve, mais je vous en prie, quelles sont ses relations avec Melle Coppaz ?

Andrieux soupira :

— Ah, vous voilà au courant. Mais comment avez-vous appris leur liaison ?

Romain hésita, puis raconta les propositions bien affirmées de Corinne, enfin son enquête aboutissant à l'adresse commune de Morel et de la jeune fille.

Son vis-à-vis marqua le coup :

— Elle a osé ! Je ne la croyais pas capable de cela. Que vous a-t-elle raconté concernant votre oncle ?

— Tout, et dans le détail, prétextant même une telle ressemblance avec mon parent qu'elle avait eu envie de se jeter dans mes bras.

— D'où votre question l'autre jour… Elle est quand même spéciale !

— Sachant à présent que c'est Morel qui organise la chasse,

je me sens forcé de mener une enquête sur les rapports entretenus entre lui et mon oncle, enfin sur l'accident de chasse.

— Les rapports entre Morel et Joseph s'étaient dégradés, mais pas au point de perpétrer un meurtre. L'action que vous pourriez mener dans ce sens, si elle se révélait infondée, pourrait nuire à nos projets communs.

— Je comprends cela, mais ne craignez rien. Je vais dans un premier temps essayer de gagner un peu plus la confiance de M. Durand, le garde-chasse, sans pour autant le mettre à contribution. D'autre part, j'ai tenu à assister à la prochaine partie de chasse, ce qui me permettra de mieux me rendre compte des possibilités d'un accident dû à l'imprudence, même à une réaction impulsive de mon oncle. Si toutefois mes craintes étaient fondées, au point de demander un complément d'enquête, n'oubliez pas que cela nous mettrait en position de force face au consortium. Certaines négociations pourraient alors tourner à notre avantage.

— Vous êtes malin, je n'avais pas envisagé cette éventualité. Mais je persiste à affirmer que vous faites fausse route concernant un meurtre éventuel.

— Une tentative de dissuasion peut aboutir à un accident stupide. Cela se nomme tout simplement un meurtre. Mais rassurez-vous, je ne suis pas borné.

Avant de se séparer, les deux hommes décidèrent d'un commun accord que la visite à M. Morin père devrait être précédée d'une entrevue amicale entre le maire et l'intéressé, afin de jauger l'opportunité d'une proposition de nouvelle entreprise dans les bâtiments du propriétaire, avec, bien entendu, l'accord de principe de ce dernier. Romain accompagné de Morin fils pourrait présenter un projet plus élaboré à plus ou moins long terme. Il est vrai que les ambitions du directeur de la scierie, bien qu'en symbiose avec les projets de monsieur le maire, devaient être abordées de façon différente.

Romain, sans perdre de temps, prit rendez-vous avec

M. Durand qui accepta de venir le voir. L'entrevue eut donc lieu après la fermeture de la scierie, en tête à tête. Les deux hommes s'étaient rencontrés peu de temps auparavant. Le garde-chasse avait également la responsabilité des coupes de bois et des forêts communales. Il avait donc accompagné les bûcherons et leur patron, quand ce dernier avait voulu évaluer, sur le tas, les différentes occupations de ses employés. Au cours de la discussion, le directeur de la scierie apprit incidemment que M. Durand se chargeait également de quelques bois appartenant à M. Morin père. Peu de coupes s'y pratiquaient, seulement un entretien de prévention contre le feu en été, doublé d'un nettoyage succinct. Romain nota au passage que ces bois non exploités représentaient une ressource non négligeable d'extraction de pins et de sapins d'excellente qualité. À demi-mots, l'hôte des lieux fit comprendre à son invité que, si les rapports de travail entre le consortium et l'entreprise évoluaient, le garde-chasse pourrait se voir confier une activité plus importante au service de la scierie, peut-être de la Mairie. Il faudrait alors étudier la présence d'une équipe de forestiers sous la responsabilité de M. Durand. Ce dernier, intéressé par ces projets d'avenir, ne fit aucune difficulté pour expliquer à Romain le déroulement de la chasse à laquelle il allait participer. L'apprenti chasseur sut ainsi qu'à cette occasion, un cervidé d'un certain âge, impropre à une reproduction sélective, serait sacrifié peu avant sa mort naturelle. Chacun des participants à la chasse se verrait assigner une place bien précise, dont il ne devrait s'éloigner. Les chiens et le garde-chasse amèneraient sans difficulté le cervidé à une trentaine de mètres des chasseurs, le faisant courir devant eux, à portée de fusil. Il ne pourrait ainsi échapper même aux plus maladroits. Si le gibier, pour une raison imprévue, parvenait à dévier sa course, ne pouvant alors être remarqué dans la ligne de mire fixée, les chasseurs n'étaient plus autorisés à tirer, afin d'éviter tout accident.

Adroitement, Romain conclut :

— Lors de l'accident qui a causé la mort de mon oncle, tout était donc normal, et seule une imprudence, en quittant la place qui lui était assignée, lui a coûté la vie !

— Tout à fait, mais cela reste incompréhensible. Il avait une grande habitude de ces réunions de chasse auxquelles il participait, en dehors même de celles réservées aux membres du consortium. Ouvertes à des chasseurs chevronnés, elles étaient bien plus sportives, en présence d'un gibier plus vif. Je n'ai jamais compris pourquoi il s'était éloigné de la place qui lui avait été indiquée. Il est vrai que de l'endroit où il était placé, il n'avait aucune chance de tirer sur le gibier, vraisemblablement pour flatter les administrateurs du consortium, piètres chasseurs pour la plupart.

— Il a donc fallu un événement imprévu pour que mon oncle quitte sa place. Avez-vous entendu un bruit inhabituel avant ce déplacement intempestif?

M. Durand hésita :

— Il m'a semblé entendre un coup de sifflet non prévu, venant de je-ne-sais-où. C'est tellement peu précis dans ma mémoire que je ne l'ai pas mentionné lors de l'enquête. Peut-être un oiseau… ou autre chose. En y repensant, à maintes reprises, je n'ai jamais pu déterminer avec précision l'origine de ce bruit. Je ne vois pas d'ailleurs en quoi cela aurait plus perturbé votre oncle que les autres chasseurs qui n'ont pas bougé.

— Vous m'aviez également précisé que certains chasseurs ne s'étaient pas exactement placés à l'endroit qui leur avait été indiqué, un décalage sur la droite ayant été opéré pour les derniers emplacements. Quel était le tireur le plus à droite ?

— M. Morel. C'est sa place habituelle, car il est le seul habilité à autoriser le tir. À la réflexion, cela ne pouvait en rien perturber le déroulement de la battue. Le décalage apportait même plus de sécurité, plus de précision dans le tir.

— Il fallait donc un concours de circonstances malheureux pour que mon oncle soit ainsi tué ?

— Oui, d'autant que les deux chasseurs placés à côté de M. Morel étaient également très entraînés à cet exercice. Ils avaient d'ailleurs tous les trois, pour mission, de ne tirer qu'après les administrateurs, ces derniers ne pouvant manquer leur cible.

— Savez-vous combien d'impacts ont été relevés dans le corps de mon oncle ?

— Non, je vous l'ai déjà dit, je n'ai pas eu beaucoup de détails. J'ai seulement été interrogé sur les actions qui relevaient de ma propre responsabilité.

— Je comprends. Dernière question : les armes utilisées et les munitions sont-elles les mêmes pour tous les chasseurs ?

— C'était le cas pour tous, sauf votre oncle et M. Morel. Ces deux derniers utilisaient des armes et des balles identiques, mais différentes de celles des autres.

Romain remercia M. Durand pour tous les renseignements qu'il lui avait fournis. Il l'assura qu'il ne ferait jamais état de leur conversation, si toutefois il demandait un complément d'enquête.

Le garde-chasse voulut conclure :

— Certains différends existaient entre votre oncle et monsieur Morel. Mais pas au point de faire penser à un meurtre.

C'est pourtant Romain qui eut le dernier mot :

— Sans parler de meurtre, il peut s'agir d'un accident banal, prémédité, fortuit ou opportun. Pourquoi pas même un suicide ?

M. Durand prit congé du directeur de la scierie. Il semblait soucieux, quelque peu interloqué par les dernières paroles prononcées. Cela n'était pas pour déplaire à Romain qui se promit de ressortir ultérieurement ces suppositions… plutôt gratuites. Une dernière tâche incombait au nouveau directeur, celle de rendre visite à M. Morin père. Cela se fit en présence du fils de leur hôte, mais également du maire de la commune. Ce dernier ayant préparé, comme convenu, cette rencontre, avait tenu à y participer. L'ancien menuisier savait donc déjà ce qui se tramait.

Devant une bouteille de vin de pays, vieillie dans sa cave, et quelques tartines, il put donc rassurer ses interlocuteurs sur ses intentions :

— J'avoue avoir eu l'idée peu avant ma retraite, de vendre tous mes terrains et forêts dont je ne fais que peu d'usage. J'aurais pu ainsi faire démolir tous ces bâtiments qui nous entourent, puis faire construire une vaste demeure familiale. C'était la réalisation d'un vieux rêve qui me permettait de réunir toute ma famille présente et future. Mais je me suis heureusement aperçu que je n'obéissais qu'à des sentiments égoïstes, ne tenant aucun compte des desiderata de chacun de mes enfants, petits-enfants et descendance. L'idée d'une entreprise travaillant le bois dans tous ses états, l'utilisant de différentes façons, y compris les plus originales, m'est chère. Elle devrait permettre, grâce également aux projets de monsieur le maire, l'essor de la commune et de ses environs. Ce projet me tient bien plus à cœur que le précédent, voué à l'échec dans le temps.

Romain remercia leur hôte :

— Voilà qui est précis et intelligent. Il se trouve que j'ai la même approche que vous concernant les biens dont j'ai hérité. Nous allons donc aller droit au but. Souhaitez-vous que la nouvelle entreprise que nous mettrions en place, pour de nouvelles activités, soit gérée par le consortium ?

Le patriarche répondit vivement :

— Absolument pas. Je préférerais que vous soyez vous-même directeur de cette nouvelle entreprise, M. Parmentier, mais qu'elle appartienne à tous les acteurs de cette société, en particulier mon fils, qui apporte son savoir, des terrains et des bâtiments.

Romain surenchérit :

— Tout à fait d'accord avec vous. Une entreprise où tous amèneraient leur part contributive, permettrait, grâce à l'esprit qui est le vôtre dans cette région, un travail constant et sérieux, ainsi qu'une certaine sécurité. Je pense à la revente des parts de chacun au moment de la retraite, ou une participation aux bénéfices à déterminer, lors de la cessation d'activité.

M. Andrieux poussa un profond soupir de soulagement, s'exclamant :

— J'étais certain qu'en vous mettant tous deux en présence, la situation s'éclaircirait rapidement. Vous semblez d'accord sur le principe d'une entreprise dans laquelle chacun pourrait s'investir selon ses moyens, mais vous ne devez pas vous limiter aux seuls ouvriers et cadres qui y travailleront. Une participation financière sera nécessaire lors de la mise en place d'une société concurrente du consortium, enfin, plus tard, d'une extension prévisible, lors du départ de Lux International. Pour cela il faudra faire appel à de nombreux souscripteurs, sous forme d'actions ou de parts.

Tous furent d'accords avec le maire, chacun pensant déjà à l'apport qu'il allait amener, avec sa famille ou ses amis. Ils n'oubliaient pas le bénéfice qu'ils pourraient tirer de leur travail pour quelques-uns, de celui des autres pour les plus argentés. Ces basses considérations n'étant pas à l'ordre du jour, les quatre hommes dégustèrent vin cuit et tartines en toute confiance, fêtant modestement le futur événement. Romain allait bientôt devoir abandonner sa vie de célibataire. Il lui faudrait auparavant, attendre la venue de M. Lombard, leur discussion, la réunion du personnel, enfin la partie de chasse. Cette dernière devrait l'éclairer sur un sport devenu au cas particulier « réunion de famille ». Les risques d'accident ne pouvaient y être que rarissimes. Ces deux événements auxquels il attachait une grande importance, seraient suivis de la venue de Lucie, avec ou sans les enfants, pour quelques jours. Elle repartirait assurer son départ définitif de la firme, prenant le temps d'aider ses fils à terminer sereinement leur année scolaire. Tout cela se matérialiserait par une formation rapide de sa remplaçante, sans oublier le brevet d'études secondaires pour l'un des garçons.

Romain s'octroierait alors une dizaine de jours de congés,

afin de participer à leur déménagement. Ils n'emporteraient qu'une partie des meubles, des vêtements ou des souvenirs personnels. Le reste serait emmené par un vendeur de meubles d'occasion. Notre nouveau directeur avait hâte de reprendre une vie de famille à laquelle il était habitué, mais craignait de ne pas avoir assez de temps pour régler tous les problèmes qu'il avait en grande partie créés.

Dès son arrivée sans sa famille, M. Lombard demanda à son voisin de l'accueillir le soir même en présence de M. Morel. Romain ne put qu'obtempérer, craignant pourtant le pire. Il aurait préféré une entrevue sans témoin avec l'administrateur, particulièrement en l'absence de son intérimaire. Il pensa, à cette occasion, qu'il aurait dû se douter de cette issue en tout point prévisible. Morel, directeur intérimaire, était tout de même le responsable actuel de l'entreprise. En cette qualité, il aurait dû être mis au courant des démarches entreprises par le maire et le directeur « stagiaire ». Il avait, certes, participé à l'étude d'une production locale diversifiée, mais avait en toute logique été écarté des projets d'avenir fomentés par les intéressés et la famille Morin. Malgré la discrétion assurée de chacun des intervenants concernés, certaines informations avaient peut-être transpiré. Pas impossible dans un petit bourg comme le leur !

Romain était donc sur ses gardes lorsqu'il reçut ses deux visiteurs. En apparence, M. Lombard n'avait rien perdu de son attitude joviale, ni Morel de sa sempiternelle discrétion. L'administrateur prit la direction de cet échange de vues et d'informations :

— Comme promis, je vous apporte les conclusions du consortium, qui concernent plus particulièrement nos relations immédiates. L'étude de la situation, que j'ai constatée il y a deux mois, n'a fait que confirmer les craintes de Lux International. La revente des meubles, fabriqués comme vous le savez dans certains pays pauvres, amenés ici pour estampille et transportés une nouvelle fois pour être proposés à de riches amateurs, est en chute libre. Il est vrai qu'à l'instar de commerces quelque peu marginaux, il ne devrait perdurer. À court terme, nous devrions supprimer deux emplois de menuisiers. L'idée de M. Morin pourrait à mon avis en sauver un. Encore faudra-t-il évoquer l'étude que vous n'avez pas manqué de faire, ainsi que le choix de la personne à licencier, en toute légalité, s'entend.

Ses deux interlocuteurs ne s'attendaient pas à cette annonce qui présageait mal d'une réunion avec le personnel. Chacun d'eux fit part de sa déception, le nouveau directeur notant au passage la solidarité de Morel dont il n'attendait pas autant d'aide. Ils expliquèrent tour à tour la façon dont ils comptaient mettre en place la nouvelle fabrication, en alternance avec l'ancienne. M. Lombard souscrivit à cette proposition avec quelques nuances. En effet, il indiqua que le consortium désirait se passer des services d'environ la moitié des camionneurs utilisés actuellement. Il serait donc difficile de faire livrer en quantité suffisante le bois de sapin ou de pin manquant en réserve. Le directeur et l'intérimaire expliquèrent alors que les réserves accumulées à la scierie devraient suffire dans un premier temps, celui de l'expérience. Ensuite, on pourrait faire appel à des transporteurs locaux utilisés ponctuellement. M. Lombard nota avec satisfaction que la nouvelle production prendrait effet rapidement, après étude de quelques meubles différents. Ils seraient savoyards, mais agrémentés de fines moulures, permettant un habillage plus élégant. Il sembla néanmoins préoccupé par l'annonce au personnel d'une diminution des effectifs. Elle n'était à son avis que le prélude d'une démission future de Lux International dans son rôle d'animation de la scierie.

Romain s'était plus ou moins préparé à cette annonce. Aussi écouta-t-il sans broncher, attendant la suite des propositions, pour évaluer puis préparer la teneur de son intervention. Il fut donc très surpris d'entendre Morel réagir vivement avant lui :

— Mais, monsieur, vous semblez ignorer une partie non négligeable de notre activité, la station de sports d'hiver, maintenant d'été. Les employés de la scierie nous ont aidés avec courage, grâce notamment à leur sens de la polyvalence. C'est bien mal les récompenser de leurs efforts !

Lombard, surpris, rétorqua :

— Je vois avec plaisir que vous avez pris à cœur votre rôle de chef d'entreprise. Mais pour que votre situation future soit à la hauteur du bien que nous pensons de vous, il vous faudra apprendre à défendre en premier les intérêts du consortium. Que cela vous plaise ou non, c'est notre devoir de cadre supérieur… On ne le fait pas toujours volontiers, mais les difficultés rencontrées justifient nos émoluments.

Morel répondit, piqué au vif :

— Soit, mais vous n'avez pas répondu à ma question. Que deviendra la station ?

— Elle sera à reprendre comme la scierie. La vente des équipements, celle des pavillons, permettra de se relancer ailleurs, dans une autre entreprise, pas forcément la même que celle-là. L'important pour nous est de ne jamais être en faillite, pour poursuivre notre action en faveur des associations caritatives dont nous nous occupons. C'est la règle que nous nous sommes fixée. C'est aussi pour cela que quelquefois, par voies détournées, nous refusons de devenir propriétaires des entreprises que nous animons.

Morel se tut, accusant le coup. Pour Romain, l'avenir s'éclairait. Le maire allait jubiler. Mais comment faire pour trouver les fonds et les aides nécessaires à la réalisation immédiate de leurs projets ? Il lui fallait gagner du temps. Aussi se surprit-il à questionner, sans s'y être vraiment préparé.

— Avouez que tout ce que vous annoncez nous met dans une situation embarrassante… aussi bien vous que moi. À mon avis, il vaut mieux cacher la vérité quelque temps aux employés. À quelle échéance envisageriez-vous de cesser toute collaboration avec la scierie ? D'autre part, avez-vous déjà eu des contacts pour la vente des pavillons et des équipements de la station ?

— Absolument pas. Cependant, après étude, la situation actuelle, à condition qu'elle soit améliorée par une fabrication et vente locale de meubles, ne pourrait s'éterniser. Entre un et deux ans. Il faudra, bien entendu, supprimer le plus vite possible un emploi chez les menuisiers. Lequel d'entre eux pensez-vous le moins capable ?

Morel répondit sans hésiter :

— Bourgeois est le dernier arrivé, donc le moins expérimenté. Il faudra tout de même essayer de le recaser.

— Vous avez une autre idée, M. Parmentier ? interrogea Lombard. On ne sait jamais, avec vous…

— Je vais vous surprendre, répondit Romain. Je propose de licencier, avec tous ses droits, bien entendu… M. Morin. C'est le mieux payé, le plus capable, le plus ancien, donc celui qui vous coûte le plus cher.

Lombard et Morel bondirent de leur siège comme un seul homme. Le premier nommé s'écria :

— Vous déraisonnez, M. Parmentier. Comme vous le reconnaissez, c'est le plus capable, donc le plus à même de créer un nouveau type de meuble. D'autre part, imaginez l'attitude de l'intéressé et des autres à l'annonce de cette décision !

— Ne me croyez pas devenu subitement fou. Je vous demande de m'accorder deux jours maximum avant la réunion. Je vous apporterai peut-être alors des précisions sur une idée qui peut vous tirer d'embarras, à condition que nous collaborions.

Lombard sourit avant de répondre avec malice :

— Nous y voilà ! Je savais que se fomentait quelque chose depuis longtemps dans notre dos. C'était à l'initiative du maire de la commune et de votre oncle, bien avant votre arrivée. Cependant, bien qu'à contrecœur, je vous autorise deux jours de négociations. La raison en est très simple, je vous crois plus capable que les habitants de ce village d'apporter des idées porteuses.

Morel ne broncha pas. Romain pensa qu'il était, lui aussi, au courant de ce qui se tramait. Que savait-il au juste ? Mais après tout, le temps des interrogations était révolu. Il fallait agir, avec ou sans le directeur intérimaire. Il se contenta donc de conclure :

— Je vous remercie de me faire confiance, M. Lombard. Accepteriez-vous éventuellement une entrevue entre monsieur le maire, monsieur Morin, moi, monsieur Morel s'il le désire… et peut-être un personnage-surprise ?

Lombard éclata de rire avant de répondre, enjoué :

— Bien entendu. J'aimerais que vous réussissiez dans votre entreprise… pour connaître ce personnage-surprise. Nous vivons un vrai roman policier !

— Vous ne croyez pas si bien dire ! lança Romain.

Il remarqua, avec regret, qu'à l'écoute de cette remarque assassine, Morel ne marqua aucun mouvement de surprise. Les deux visiteurs s'éclipsèrent, promettant de revenir au plus tard le surlendemain.

Après ce coup de poker, le nouveau directeur demeura un instant pensif. N'avait-il pas précipité la marche en avant ? Le maire, la famille Morin, en particulier le fils, approuveraient-ils ses initiatives ? Mais son attitude réflexe devant une présentation catastrophique de l'avenir de la scierie avait été en tout point opportuniste. Il devait aller voir personnellement le fils Morin. Quand ? Ce soir même chez lui ? Il se ravisa, cependant, pensant que la nuit portant conseil, il aurait avec lui un entretien en particulier demain matin à la scierie. Téléphoner ce soir au maire ne serait pas une meilleure idée, il pourrait aller le voir demain à la mairie, voire même en consultation.

À défaut d'action immédiate, il téléphona à sa femme. Cependant, comme toujours depuis qu'ils étaient séparés, il ne lui confia rien de ce qui le préoccupait. À cette occasion, il dut convenir qu'il avait acquis en quelques mois une indépendance d'esprit et d'action inhabituelle à l'égard de Lucie. Il en attribua la cause à sa nouvelle fonction et aux responsabilités qui y étaient liées. Cela l'amena à un sentiment d'autosatisfaction illusoire. S'il avait poussé plus loin sa réflexion, il aurait remarqué qu'il venait tout naturellement de choisir son camp : seul contre tous pour le bien, à son avis, des autres, mais surtout pour défendre les intérêts de l'entreprise dont il avait la charge... donc des siens propres. Il ne mesura pas à cette occasion tout le chemin qu'il venait de parcourir en peu de temps. Si ses projets se soldaient par un échec, il ne pourrait plus être syndicaliste militant. On ne peut tout mélanger, car c'est affaire d'intérêt général : la défense du personnel ou de l'entreprise en priorité. Les deux sont liés, mais on ne peut sans risques se tromper de parti.

Le lendemain matin, Romain se présenta à la mairie où il eut la chance de rencontrer M. Andrieux. En quelques mots, il résuma l'entrevue avec Lombard et Morel, sans oublier sa propre initiative qui pourrait paraître malheureuse. Mais que pouvait-il faire ?

Le maire réfléchit, quelque peu soucieux, puis posa une question :

— Qu'allez-vous proposer au fils Morin ?

— De négocier son départ en discutant le montant d'une indemnité, ou mieux, le rachat d'un brevet d'inventeur. Si, aidé par son père, il fabrique des maquettes de meubles savoyards plus originaux que ceux existants, moins grossiers en tout cas, il nous aidera à une vente plus diversifiée sur le plan local. Ensuite, il pourrait créer avec notre aide notre future entreprise, de préférence en dehors du consortium.

— Vous êtes génial ! Votre oncle serait fier de vous. Vous prenez et faites prendre des risques, mais à mon avis bien calculés. Je passe chez Morin père, voyez de votre côté avec le fils.

— Si tout se passe bien, je ne vous contacterai pas, mais vous fixe un rendez-vous chez moi à 20 heures. J'ai invité Morel car il s'intéresse vraiment au sort réservé au personnel.

— Vous faites bien. Vous verrez, ce n'est pas un mauvais bougre. Je suis certain que lorsqu'il aura vaincu sa timidité, plutôt sa réserve, il viendra vous voir. Une franche explication entre vous deux sera de toute manière nécessaire, avant que vous ne vous lanciez dans une enquête vouée à l'échec.

Romain prit congé du maire, pensif. Que lui cachait-on? Il finirait bien par savoir. En attendant, il demanda à Morel s'il voulait bien assister à l'entretien rapide qu'il souhaitait avoir avec Morin. Le directeur intérimaire s'écria:

— Je vous sais gré de me faire confiance, M. Parmentier, vous pouvez compter sur moi, beaucoup plus que ce que vous pouvez le penser.

Morin fut pris de court par l'idée de ses supérieurs. Après réflexion, il accepta de se rendre chez son directeur le soir même, à 20 heures, mais avertit qu'il comptait prendre l'avis de son père. C'était bien naturel, comme le fit remarquer Romain. Il oublia cependant de rapporter l'entrevue entre le maire et l'ancien menuisier. Avant le déjeuner, son voisin put brièvement avertir M. Lombard de la tenue d'une réunion chez lui le soir même, à 20 heures. L'autre sourit, avant d'ajouter:

— Je m'aperçois que vous avez de la suite dans les idées. À la réflexion, je dois avouer qu'elles me semblent plutôt bonnes. Elles nous permettront peut-être d'envisager l'avenir dans les meilleures conditions possibles. Je crois que M. Zimmer et moi vous l'avons déjà fait savoir: nous sommes attachés à cette commune et à ses habitants. Nous souhaiterions donc nous retirer en préservant l'intérêt de tous.

X

La réunion du soir se fit en l'absence de l'invité-surprise, M. Morin père n'ayant pas voulu s'immiscer dans des débats qui ne le concernaient pas dans l'immédiat. Chacun s'exprimant à son tour, sans passion, M. Lombard put connaître les projets de Romain, enfin de ceux du maire à plus longue échéance. L'administrateur conclut alors :

— Au fond, c'était l'idée première de M. le maire ici présent et de feu M. Parmentier. Mais en ce qui concernait ce dernier, c'était sous le coup de la colère. Un différend nous opposait en effet à propos de la vente d'actions en chute libre… M. Morel expliquera tout cela au nouveau directeur. Avant notre réunion avec le personnel, nous devons avoir l'accord ferme de monsieur Morin qui, au regard de ses collègues, serait licencié abusivement. L'idée de M. Parmentier de nous faire payer un brevet arrangerait bien des choses dans l'esprit de l'ensemble du personnel. Cependant, à la réflexion, notre collaboration, pour environ deux ans maximum, priverait l'inventeur d'un dépôt légal de brevet. Cela favoriserait les copies inévitables quand nous aurons abandonné ce type d'activité, au moins dans la région. Je pense qu'une filiale de l'entreprise actuelle, acceptée par nous en franchise, nous autoriserait à acheter la production ainsi faite en dehors de la scierie, à M. Morin. Ce dernier devrait être rejoint dans quelques mois par un autre menuisier ébéniste que nous licencierions. Je suggère que la filiale soit créée par la plupart d'entre vous. Cela vous permettra, à terme, d'y intégrer la totalité de la scierie et de la menuiserie que nous vous céderions pour le franc symbolique. En ce qui concerne la station hivernale dont rêve M. le maire, nous négocierons avec lui à condition, bien entendu, qu'il réunisse les fonds nécessaires pour le rachat des pavillons et des actuels équipements. Je pense qu'il est bien placé pour avoir gain de cause auprès de l'État et du ministère de la Jeunesse et des Sports. Mais c'est un autre débat que nous aurons avec d'autres parties. Nous aurons soin de préserver les intérêts du personnel que nous utilisons actuellement à la station, si tel est son désir. Que pensez-vous de tout cela, M. Morin ?

Ce dernier répondit immédiatement :

— Vous n'ignorez pas que j'ai consulté mon père avant de vous faire une proposition. Je préfère en effet percevoir une indemnité raisonnable de départ plutôt que le chômage. Avec votre accord, je pourrais quitter mon emploi actuel de mon plein gré pour travailler dans une filiale de la société. Si tout se passe bien, la menuiserie devrait rejoindre les locaux aménagés chez mon père, plus tard la scierie, pour une production diversifiée.

M. Lombard donnant son accord de principe à ce projet, en attendant l'aval du consortium, les participants s'accordèrent à reconnaître qu'un certain nombre de conditions devraient être remplies dans le temps. Il fallait en premier lieu réunir des fonds pour l'achat de machines, de matériel, d'outils, pour une nouvelle fabrication. Il faudrait en outre aménager les granges et les locaux vétustes en ateliers de menuiserie ou d'ébénisterie. Ce serait le problème de Morin, de Romain, et de tous les ouvriers qui voudraient se consacrer exclusivement au travail du bois. Les fonds provenant de personnes étrangères à l'entreprise seraient acceptés mais, dans un premier temps, la priorité serait accordée aux familles des employés.

La réunion se déroula sans souci. Elle avait été si bien préparée que personne ne manifesta surprise ou inquiétude en apprenant que le consortium cesserait sa collaboration dans un délai de deux ans maximum. Romain, avant de recevoir pour quelques jours sa femme et ses enfants, puis d'aller préparer avec eux le déménagement, n'avait plus qu'une étape à franchir seul : sa participation à la chasse. Cette dernière lui permettrait-elle de se faire une idée plus précise sur l'accident mortel dont avait été victime son oncle ? Il en doutait chaque jour un peu plus. Mais, sait-on jamais, un détail supplémentaire pouvait provoquer la poursuite de son enquête.

Comme promis, Morel prêta un fusil au directeur, lui en expliquant le fonctionnement. C'était une arme simple, de maniement aisé, tirant des balles pour le gros gibier. L'organisateur lui expliqua qu'il serait personnellement posté à l'extrême droite du passage contrôlé de l'animal. Deux emplacements les sépareraient, le nouveau directeur étant le dernier autorisé à « exécuter le cerf ». Les autres chasseurs ne seraient sollicités que dans le cas improbable où le cervidé, devenu impropre à la reproduction, n'aurait pas été touché par les sept ou huit tireurs désignés. Si un incident quelconque se produisait, Morel suspendrait la chasse par un coup de sifflet. Bien préparé, Romain ne fut donc pas surpris de rejoindre la place qui lui était attribuée parmi les treize participants. Seuls Lombard et le directeur intérimaire représentaient le consortium. Les autres participants, outre le nouveau directeur de la scierie, étaient des employés de l'entreprise et des élus de la Mairie. M. Durand, aidé des chiens, canalisa la course de l'animal sur un sentier découvert, devant lequel étaient postés les chasseurs. Huit coups de feu retentirent, avant que le cerf ne s'écroule, sans un cri. Romain ne sut jamais s'il avait touché la cible… *Comme pour une exécution*, pensa-t-il, à la différence près qu'aucune des armes n'était chargée à blanc. Morel n'avait pas eu, aujourd'hui, l'occasion d'utiliser son sifflet. Le jour de l'accident, le garde-chasse avait cru entendre un coup de sifflet, peut-être un autre bruit. Il faudrait tout de même en avoir le cœur net !

Après la chasse, suivie d'un petit déjeuner copieux à base de charcuterie et de vin du pays, les participants se séparèrent. Lombard, qui repartait le soir même avec l'impression d'une mission assez bien accomplie, prit congé de Romain. Les deux hommes promirent de se tenir respectivement au courant des intentions de la famille Morin, et du maire plus tard. Ils avaient devant eux quelques mois pour mettre en place une nouvelle production, enfin la création d'une filiale justifiant la démission forcée du meilleur ébéniste de l'entreprise. Morel attendit que tous les invités à la chasse aient disparu avant de rejoindre le très bientôt futur directeur de l'entreprise. Il lui annonça tout de go :

— Comme je désire faire un autre bout de chemin avec vous, je ne me contenterai pas de la démonstration faite aujourd'hui, qui vous a, je l'espère, rassuré sur l'éventualité d'un accident de chasse. Je voudrais vous en dire plus. Pouvez-vous me recevoir chez vous demain soir ?

Romain accepta, bien entendu, avec joie. Il allait enfin connaître la vérité sur cette affaire… Peut-être aborderait-on la nature des relations entre Morel et Corinne ? Il avait hâte de savoir.

C'est ainsi que l'ancien syndicaliste, quelques jours avant la venue de sa femme et de ses enfants pour de courtes vacances, reçut l'actuel responsable de la scierie. L'hôte, mesurant l'effort consenti par son visiteur, avait préparé un apéritif recherché : tartines, biscuits salés, le tout servi avec une bouteille de champagne. Morel, quelque peu emprunté lorsqu'il pénétra chez Romain, laissa échapper un soupir de soulagement, quand il remarqua, pénétrant dans le séjour, l'accueil qui lui était réservé.

— Décidément, vous m'étonnerez toujours. Je ne pensais pas être reçu de cette façon.

— C'est tout naturel, Morel. Croyez que je vous suis très

reconnaissant de bien vouloir répondre spontanément aux questions qui m'interpellent. Quelle que soit la nature des réponses que vous allez leur apporter, je ne peux que vous remercier. Asseyez-vous donc, et trinquons à l'avenir. Lui seul est important.

Les deux hommes ayant levé leurs coupes à la gloire de la future entreprise, Morel posa une question préalable :

— Êtes-vous au courant pour Corinne et moi ?

— Je vais répondre en vous posant une autre question. Vous a-t-elle fait part d'une certaine visite nocturne chez moi ?

— Oui, rassurez-vous, je vais tout vous expliquer. Il est vrai que tout ce que je vais vous confier, malgré l'avis contraire du consortium, a pour origine la relation amoureuse dont vous avez eu connaissance entre Corinne et votre oncle. Je sais qu'elle vous a tout raconté, à sa façon il est vrai. Ce qui se passe quelquefois à l'occasion d'une liaison hors nature, entre une jeune fille à peine sortie de l'enfance et un quinquagénaire, s'est produit concernant Corinne. Après que sa mère se soit installée avec elle à Cluses, Corinne est devenue nymphomane. Elle a connu plusieurs aventures passagères avec différents garçons ou jeunes hommes qui ne l'ont pas satisfaite sur le plan sexuel. En ce qui me concerne, je l'ai rencontrée lors d'un stage de moniteur de ski et de sports de montagne. J'ai cédé à ses avances, m'apercevant que, par rapport à mes expériences médiocres passées, elle m'apportait l'assouvissement de mes désirs les plus secrets. Nous sommes réellement tombés amoureux l'un de l'autre, partageant à parts égales des plaisirs sans cesse renouvelés, mais surtout, une communion intellectuelle sans faille. Mon père est sous-directeur de Lux International. À l'issue de mes études commerciales, il m'a fait embaucher en qualité d'expert-comptable du consortium. À ce titre, je rencontrai votre oncle, le persuadant de faire appel à Corinne qui devint, à cette occasion, monitrice de ski et de sports d'hiver. Mon père prévoyait pour moi un mariage avec une jeune fille d'excellente famille. Il n'accepta donc pas la liaison que j'entretenais avec mademoiselle Coppaz. Je tergiversai quelque peu pour retarder l'union qui m'était imposée, en inventant pas mal d'obligations telles que la vérification des comptes de la scierie, enfin l'organisation de chasses offertes aux notoriétés. Cela me permit de retrouver assez souvent Corinne dans l'appartement de Cluses que sa mère lui avait laissé à sa mort. Votre oncle apprit notre aventure. Alors qu'il n'entretenait plus de relations amoureuses avec la jeune femme, il me considéra comme un rival. Il est vrai que Corinne exigeait de lui une pension, depuis la mort de sa mère. Elle le culpabilisait pour, disait-elle, sa faute passée. Inconsciemment, elle le rendait responsable de son besoin de luxure. En ce qui me concerne, j'étais persuadé de ses infidélités pendant mes nombreuses absences. Curieusement, je me suis habitué à cette situation. Peut-être parce que j'ai la certitude que, présent à ses côtés, elle ne commet pas d'incartade. Il est vrai que beaucoup de points communs nous permettent de vivre ensemble, au-delà des convenances. Je me préparais à prendre une décision difficile par rapport à mon père, refuser le mariage qui m'était imposé. C'est alors que les événements se précipitèrent. Votre oncle possédait, comme nous tous, des actions du consortium, acquises à l'occasion du paiement de diverses primes. Contrairement à la plupart d'entre nous qui faisaient confiance à Lux International pour les diversifier, évitant ainsi d'éventuelles lourdes pertes, il en choisit une exclusivement. L'avenir lui donna raison un certain temps, jusqu'à ce qu'il perde pratiquement tout. Même sans argent placé, ses émoluments lui auraient permis de vivre correctement. Mais il avait du mal, outre la pension versée à Corinne, à la gâter, par des dons, des cadeaux, qui lui semblaient indispensables pour se faire pardonner sa faute. Je dois reconnaître que Melle Coppaz n'a rien fait pour arranger les choses, menaçant même d'informer tout le village des agissements passés du directeur de la scierie. Entre nous, elle l'eût fait que cela n'aurait pas eu de grandes conséquences. Presque tous les habitants étaient au courant. Mais votre oncle devint fou furieux, menaçant à tout moment Lux International de le confondre pour malhonnêteté envers ses employés. À cette occasion, je l'ai appris plus tard, il établit le testament que vous connaissez. Lasse de ces accusations, de ces menaces, la société dépêcha mon père pour essayer d'arranger les choses. Il n'y parvint pas, mais avant de repartir annoncer son échec, il participa à la chasse annuelle que vous venez de découvrir. Votre oncle était posté à l'extrême gauche, moi comme vous l'avez remarqué à l'extrême droite. Quand le cerf fut rabattu vers les chasseurs, M. Parmentier l'aperçut bien entendu le premier, ne tira pas comme convenu, mais se mit à courir pour venir se placer dans le champ de tir. Mesurant le danger, je sifflai précipitamment, mais trop tard. Trois des chasseurs tirèrent tout de même, visant en même temps l'animal et votre oncle. Mon père faisant partie du lot, Lux International ne voulut pas faire procéder à une autopsie. La police conclut donc à un accident. En fait, il s'agit tout simplement d'un suicide. En ce qui me concerne, je désirais être déchargé de toute responsabilité, demandant à ce que l'enquête soit menée plus sérieusement. Mais je fus en quelque sorte « acheté » par Lux International. Mon père cessa de penser à mon mariage, mais interrompit toute relation avec moi. Je corresponds encore avec ma mère, mon frère et ma sœur. Je saurai bien un jour leur imposer Corinne. Le consortium me nomma directeur intérimaire, me promettant la direction de l'entreprise si, comme prévu, vous refusiez la succession. À présent, si je le désire, je suis promis à un brillant avenir à Lux International…

Romain interrompit :

— Et Melle Coppaz par rapport à moi, dans tout cela ?

— Elle a tout de même été choquée par l'accident ou plutôt le suicide de votre oncle, se sentant responsable en partie de cette mort tragique. En vous découvrant, vous et votre famille, il lui semblait retrouver celle qu'elle n'avait pas connue. C'est ce qu'elle m'a confié quand elle vint me rejoindre au milieu de la nuit, dans le pavillon qui m'a été prêté. Elle me raconta alors sa déconvenue : vous n'aviez pas voulu d'elle ! J'avoue avoir très mal pris la chose jusqu'à ce que je comprenne qu'elle voulait ainsi acheter votre silence. Si vous aviez cédé à ses avances, vous ne pouviez poursuivre votre enquête, empêché par là même de me mettre dans l'embarras. Cela peut vous surprendre mais, la connaissant, je savais que, dans son esprit, son acte ne pouvait s'assimiler à une infidélité envers moi.

— Et depuis, comment parvenez-vous à vivre tous les deux en bonne entente ?

— Cela a été difficile pendant une semaine. Depuis, nous avons si bien réagi que nous avons décidé de nous marier et d'avoir des enfants. Je vais à mon tour vous surprendre, je désire travailler avec vous dans votre nouvelle future société, avec la Mairie, peut-être même les deux quand vous aurez mené à bien votre projet. Je suis même prêt à apporter ma part de fonds et de travail pour la réussite de cette entreprise.

Romain réfléchit un court instant avant de penser tout haut :

— Pourquoi ai-je inconsciemment soulevé cette thèse du suicide ? Je ne pense pas demander à rouvrir une enquête devenue inutile. Il faudra, bien entendu, convaincre mon père, qui n'a pas vécu la situation que nous venons de connaître. Au fond, Morel, je suis heureux que tout se termine comme cela. En ce qui me concerne, je suis fier de votre adhésion à notre nouveau projet. Ne craignez-vous pas l'échec, donc le risque de perdre une situation enviable qui vous est proposée par ailleurs ?

— Absolument pas ! En vous choisissant, je conserve Corinne, je le pense sérieusement, cette fois pour moi tout seul ! Au risque de vous choquer, je ne conçois pas de vie sans elle. Il ne faut pas se fier à l'expérience difficile à laquelle elle vous a confronté... je vous assure que c'est une chic fille malgré tout.

Romain, dubitatif, répondit néanmoins :

— Je n'en doute pas.

Morel parti, Le directeur de la scierie remarqua qu'il était prêt maintenant à recevoir sa famille en toute sérénité. Le terrain de l'avenir avait bien été préparé. Mais n'était-il pas miné ?

La voiture semblait avoir des ailes quand elle amena son chauffeur à Cluses. Ces six derniers mois, pourtant bien remplis, avaient semblé longs au maintenant ancien cadre syndicaliste parisien de l'automobile. Il avait hâte de retrouver les membres de sa famille pour leur raconter tout ce qui s'était passé depuis leur départ, sa participation aux nouveaux projets en cours d'élaboration. À la réflexion, très peu de ce qui lui était arrivé lui serait permis d'être dévoilé. Les transformations futures de l'entreprise, pas encore toutes évoquées, de nombreuses tractations restant à mener, rendaient difficile une relation complète de son action. Plus les parties prenantes de ces projets s'exprimeraient discrètement, plus leur réalisation avait des chances d'aboutir en tout ou en partie. Pour ce qui concernait sa vie privée pendant ces quelques mois, seule une aventure amoureuse risquée aurait pu aboutir. Mais l'important était de la taire.

Un peu déçu par ces constatations, Romain accueillit tout de même avec joie sa femme et ses deux fils. Tous purent remarquer que le père de famille avait bien meilleure mine. Son visage déjà hâlé par la réverbération du soleil sur la neige, fit envie aux voyageurs qui purent ainsi envisager leurs vacances avec optimisme. Le temps relativement court qui leur était accordé permettrait tout de même aux nouveaux venus de se « refaire une santé ». Ils termineraient tous en beauté, qui, la fin des études de l'année scolaire, qui, l'arrêt définitif de son activité actuelle. Pendant le court trajet en voiture de Cluses à la scierie, les trois voyageurs s'exprimèrent avec vivacité, volubilité, s'extasiant sur les paysages retrouvés.

Romain fut ainsi rassuré car peu de questions étaient posées sur le travail de la scierie. Les garçons s'inquiétaient de la nature des activités sportives qui alterneraient avec des révisions de cours nécessaires. Pour sa part, la maîtresse de maison s'enquérait de l'état de son futur et définitif appartement. Son mari la rassura à ce sujet mais ne jugea pas opportun de préciser que le terme définitif ne semblait pas approprié. En fait, personne ne fut déçu. Les enfants remarquèrent que Morel et Melle Coppaz leur avaient préparé un calendrier sportif à la mesure de leurs désirs. Lucie constata, de son côté, la bonne tenue de leur futur home. Cela lui permettra de s'adonner aux joies de la montagne avec les enfants, quelquefois avec son mari. Ce séjour bien rempli sur les plans sportif, intellectuel, ménager, sembla court, bien entendu, court mais ô combien bénéfique ! Son épouse aborda, comme prévu, avec Romain, les problèmes liés à l'avenir de l'entreprise ainsi qu'à l'accident de chasse de feu M. Parmentier. Concernant l'entreprise, la femme du nouveau directeur se déclara satisfaite de la tournure que semblait prendre son avenir. Elle souhaitait avoir assez de temps devant elle pour prendre un peu de recul par rapport au travail. Cependant, elle désirait reprendre plus tard une activité rémunérée. Par exemple, dans un secrétariat diversifié de la filiale de l'entreprise, si le projet se réalisait.

Romain, contrarié de prime abord, mesura bien vite l'intérêt que cette proposition pouvait représenter. Il connaissait, appréciait même toutes les qualités démontrées par sa femme. Elle pouvait aussi bien assurer un secrétariat qu'un poste d'aide-comptable, si besoin celui d'assistante sociale. Il se félicita de ne l'avoir jamais jalousée dans ce domaine, à la réflexion sans astreinte, tout naturellement. Sans l'avoir vraiment mérité, il percevait le bénéfice de cette attitude. Concernant l'accident de chasse, Lucie posa de nombreuses questions, montrant à l'évidence que, n'ayant pas vécu sur place les mêmes événements que son mari, elle se montrait plus méfiante. Elle ne comprenait pas que tous les participants à la chasse aient été aussi facilement innocentés. Enfin, elle ne croyait pas à la ruine financière de l'oncle par le seul fait de mauvais placements en bourse.

Elle annonça également la venue de Louis et Gertrude en Haute-Savoie pour une quinzaine de jours. Romain irait les chercher à Cluses peu avant leur départ, elle et ses deux fils. Romain se montrant satisfait de cette nouvelle, Lucie lui fit comprendre à demi-mots que Louis n'admettrait peut-être pas aussi aisément que lui la thèse de l'accident concernant la mort de son frère. Il exigerait la réouverture de l'enquête. Cette dernière remarque contraria Romain qui se promit de réfléchir à la meilleure façon de convaincre son père de l'innocence des participants à la chasse. Y pensant calmement, il parvint à se convaincre que Louis n'était pas obligé d'avoir la même opinion que lui-même. Aux yeux des employés de l'entreprise, il prouverait ainsi qu'il respectait l'avis de chacun, ne mettant aucune entrave à son expression. L'essentiel était que lui, Parmentier Romain, soit convaincu que son oncle avait voulu se suicider. Et puis, cet oncle, il ne l'avait même pas connu.

Quand il alla chercher ses parents à la gare, Romain les trouva en pleine forme. Il était évident que « l'ancien » venait, sans même se l'avouer, vérifier le travail de syndicaliste de son fils, et les conclusions d'une enquête faite sur la mort de son frère. C'était tout de même en l'absence de toute connaissance du terrain. In petto, le nouveau directeur se réjouit de constater que son aîné affichait toujours la même hargne, les mêmes convictions que les anciens. Il pensa avec malice que, confronté au terrain, aux explications des uns et des autres, le « vieux » perdrait une grande partie de son assurance.

Durant deux jours, les parents prirent la mesure des lieux, apprécièrent les bâtiments, l'environnement. Quand Lucie et les enfants furent partis, Gertrude assura naturellement son rôle de maîtresse de maison. Louis, maintenant à pied d'œuvre, ne lâchait plus guère son fils, lui posant des questions sur le sort réservé aux employés, sur l'enquête qu'il avait dû mener. Romain préféra répondre avec prudence, n'insistant que peu sur ses interventions. Le responsable de l'entreprise fit preuve de beaucoup d'assiduité au travail, évitant ainsi des disputes inévitables. Il mesura à cette occasion le réalisme de son père. S'ils n'avaient pas les mêmes méthodes, ils n'avaient rien à s'envier. Pendant que Gertrude assurait le ménage, préparait des petits plats locaux, après avoir interrogé les gens du pays, Louis alla bien entendu se promener quelquefois avec sa femme, mais préféra « battre le pavé ». Il avait appris par Romain le nom des nouveaux acteurs qui auraient en main l'avenir de la scierie. Après avoir questionné, écouté, il partagea bizarrement l'essentiel de ses moments libres avec M. Morin père, en moindre partie avec les clients du café-restaurant qui avait accueilli Lucie et Romain à leur arrivée. Le nouveau directeur n'y était que peu retourné, préférant rester discret. Il se serait peut-être laissé aller à des confidences qu'il aurait regrettées par la suite.

Pendant deux semaines, Louis en apprit davantage sur l'histoire de l'industrie locale, suggérant ainsi à son fils, et celui de Morin, d'avoir d'autres idées pour l'avenir. Elles n'étaient pas aussi porteuses de réussite financière, mais contribueraient à créer une scierie moderne, tout en conservant une production locale peu à peu oubliée. C'est ainsi que le soir, pendant le repas, Louis présenta tour à tour à Romain :

- Partant du métier ancien de bûcheron et de charretier : la luge tirée par un cheval, ou par l'homme. Ces luges de différentes tailles permettraient, en cas d'absence de treuils ou de tracteurs, dans certaines forêts difficiles d'accès, de descendre les billons préparés par les bûcherons. On pourrait également s'en servir pour aller chercher le foin, même dans certains cas, le fromage en alpage.

- Les skis en bois, redevenus à la mode malgré l'omniprésence de la fibre de verre. On peut en fabriquer à la demande en bois d'hickory, le noyer américain.

- Localement, la fabrication du râteau en bois intéresserait à coup sûr la scierie.

- Puisque Morin fils proposait la construction et l'ameublement de chalets, pourquoi ne pas y ajouter la fabrication et la pose de tavillons ? Ce serait en premier sur les toits des chalets, mais aussi sur les parois. L'Éternit et la tôle étant peu à peu abandonnés, le tavillon revient à la mode depuis qu'il est traité. Il est vrai qu'il brûle moins facilement depuis que les cheminées en bois ont pratiquement disparu. On peut également inventer des décorations en forme de croisillons, et les poser sous les fenêtres.

- Si on veut se démarquer de la concurrence, on peut aussi revenir à la sculpture sur bois.

Autant de vieux métiers auxquels on peut faire appel pour pérenniser une scierie, à plus forte raison une menuiserie.

Au café, Louis recueillit des confidences, les langues se déliant après quelques verres de vin. Certains joueurs de cartes, des consommateurs, prétendaient que M. Parmentier n'avait fait qu'écouter les conseils de placement pour les actions du consortium. Il n'aurait pas été le seul à avoir ainsi perdu de l'argent. Personne ne mettait en doute le suicide en public de l'ancien directeur de la scierie. Cependant certains suggéraient que parmi les chasseurs n'ayant pas entendu le coup de sifflet, l'un d'eux aurait pu tirer, perpétrant un « crime gratuit ». Était-ce digne de confiance? Peut-être s'agissait-il de commérages qui méritaient tout de même la réouverture de l'enquête. Romain remercia son père de son aide. Concernant l'accident, il le pria de rester prudent car ils avaient besoin du consortium s'ils voulaient réussir dans leur future entreprise. Le fils ne put donc échapper à un tête-à-tête au cours duquel il raconta les amours de Corinne et du défunt. Il n'en dévoila pas plus, surtout pas la proposition qui lui avait été faite. Louis eut du mal à se laisser convaincre mais accepta une entrevue avec M. Morel, vraisemblablement cet été, pour avoir plus de détails. Avant de rejoindre son domicile avec sa femme, le père du nouveau directeur proposa ses économies pour aider à la création de la nouvelle entreprise. Les parents voulaient de cette façon prouver à leur fils qu'ils avaient toute confiance en lui.

Gertrude et Louis partis, Romain alla à son tour interroger la famille Morin sur les métiers du bois. Ils évoquèrent ceux que l'on pourrait privilégier en premier, en même temps que les nouvelles productions. Il fut intéressé par ces spécialités locales qui apporteraient un plus à l'entreprise, même si le bénéfice escompté ne se montrait pas à la hauteur de grandes espérances. L'important était de régionaliser la production pour construire les assises d'une saine entreprise locale. Concernant l'accident de chasse, Romain n'hésita pas à confier à Morel les interrogations posées par Louis. Ce dernier, après avoir réfléchi, précisa :

— Je vous ai déjà signalé la présence de mon propre père parmi les tireurs. Je crois avoir laissé entendre que, malgré mon avis, c'est certainement la raison pour laquelle le consortium n'a pas voulu ouvrir une véritable enquête, ni demander une autopsie. L'inimitié entre les deux hommes était connue, mais liée en grande partie aux placements en bourse. Si on a bien conseillé à M. Parmentier ainsi qu'à d'autres ce choix d'actions, je ne crois pas qu'on ait pu le préconiser en exclusivité. Enfin, comment pourrait-on accuser mon père de faits incontrôlables ?

— Mais pensez-vous qu'il aurait pu tirer sur mon oncle, sachant que c'était impunément ?

— Je ne le crois pas. D'une part ce n'est pas un chasseur, de surcroît il est myope. Mon seul regret est de l'avoir laissé venir.

— Oui, je vois. Nous n'avons pas intérêt à irriter le consortium dans notre situation actuelle.

— Je n'osais pas insister mais vous avez tout à fait raison. Je vous aiderai si vous le désirez à convaincre votre père. Je ne pense pas que nous commettions une erreur en affirmant qu'il s'agissait d'un accident.

— Je vous remercie pour votre aide.

Il était temps d'aller préparer le déménagement. Romain s'octroya quelques jours de congés pour aider sa famille. En deux semaines, les deux garçons, sa femme et lui préparèrent cartons et sacs de linge, avant de charger la voiture au maximum de ses capacités. Ils vendirent alors les derniers meubles devenus inutiles pour rejoindre définitivement la Haute-Savoie. Le brevet réussi par l'aîné, l'année scolaire terminée avec brio par le plus jeune, les garçons profiteraient d'excellentes vacances en montagne. Lucie déchargée de ses responsabilités dans la firme automobile, s'en allait elle aussi le cœur léger. Seul Romain allait être assailli de plein fouet par des responsabilités à part entière. Mais tous, unis, étaient préparés pour, qui, mener à bien la mission qui lui avait été confiée, qui, le seconder comme elle l'avait toujours fait, qui, enfin poursuivre ailleurs leur scolarité, réussir leur entrée dans la jeunesse, enfin dans le monde du travail. Tout avait été si bien pensé dans le meilleur esprit qu'on retrouvait sans surprise cette famille, non seulement bien installée, mais respectée de toute une commune, et bien au-delà. Lux International avait tout de même pris sa part dans cette réussite. D'abord, comme l'avait promis M. Lombard, en donnant d'excellents conseils lors de la création d'une nouvelle entreprise. La filiale devait, un an après sa création, se désolidariser du consortium, pour, deux ans plus tard, intégrer la scierie et l'ébénisterie. À cette occasion, Romain avait vendu l'ensemble des bâtiments, ce qui avait permis, avec l'aide d'autres souscripteurs, d'investir dans les travaux nécessaires d'agrandissement, surtout de modernisation, des locaux appartenant à l'origine à la famille Morin. L'entreprise appartenait donc à présent aux actionnaires.

Lucie et Romain pouvaient toujours inviter les parents, les familles des frères et des sœurs, ou encore les amis, dans le chalet qu'ils s'étaient fait construire à un prix étudié par les employés de l'entreprise. Ce très grand chalet entretint pendant plusieurs années la fierté de la scierie tout entière. Tous avaient apporté leur part dans sa construction et son aménagement. L'intégralité des activités anciennes et nouvelles de l'entreprise y était représentée. De nombreux clients potentiels venaient le visiter avant d'acheter, sur plan, leur propre chalet à construire, souvent meublé, dans le pays, plus souvent dans la région, jusqu'en Suisse quelquefois. Lucie fut même soulagée quand, beaucoup plus tard, de nouveaux modèles lui permirent de se sentir enfin chez elle dans son logement. La Mairie avait réussi, conjointement avec la Jeunesse et les Sports, des associations de vacances, des sponsors étrangers dont le consortium, à créer une station d'hiver et d'été connue dans toute la France, même à l'étranger. De très beaux hôtels côtoyaient des logements de vacances sociaux.

Romain demeura longtemps directeur de l'entreprise pour, l'heure de la retraite approchant, prendre la succession de M. Andrieux à la tête de la Mairie. Il pouvait, à bien des titres, être satisfait de son action et de celle de ses collaborateurs. Comme promis, Lucie l'avait soutenu par ses conseils et l'efficacité démontrée, non seulement en qualité de responsable du secrétariat, également par son écoute du personnel. Vincent Morel avait hérité de la partie comptabilité de l'entreprise, y adjoignant la responsabilité de la station. Pour l'aider, il put compter sur sa femme Corinne, qui le seconda efficacement, jusqu'à ce que la naissance de ses trois enfants ne lui permette plus de travailler. Mais d'autres étaient là pour assurer la relève, en particulier Robert, le fils cadet de Romain et Lucie, qui n'avait pas poursuivi des études supérieures. Il réussit néanmoins tous ses stages qui lui permirent de devenir moniteur de sports de montagne, qu'ils soient d'hiver ou d'été. Il seconda ainsi Morel, pour lui succéder plus tard. Jean, devenu de son côté ingénieur, mit avec bonheur ses compétences au service de l'entreprise.

Tous les anciens employés de la scierie, menuisiers, ébénistes, animateurs de sports d'hiver, avaient poursuivi leur chemin, soit avec Romain, soit avec M. Andrieux, quelquefois les deux. Le bourg devenu une ville, à présent, offrait du travail à tout un canton, même au-delà, à l'occasion des vacances d'hiver ou d'été.

Louis ne pouvait qu'être admiratif devant la réussite de son fils. Pendant quelque temps, il bouda Corinne et Morel. Mais peu de personnes n'assurant la défense des morts, il finit par se convaincre que, dans cette affaire, c'était tout de même son frère qui était le principal responsable. Il ne lui vint même pas à l'esprit qu'en s'adaptant ainsi à une situation bénéfique pour tous, il confortait l'image peu réjouissante d'un frère qu'il avait présenté à sa famille pendant des années, sans même l'avoir vraiment connu ni fréquenté.

Romain, de son côté, a réussi son œuvre. Pas tout seul, se rassure-t-il. Mais une pensée insidieuse, qu'il essaie de chasser de son esprit, l'assaille tous les jours un peu plus : vaut-il mieux faire le bonheur d'une population ciblée (même départementale) plutôt que, comme le consortium, n'en enrichir que quelques-uns, pour aider à la survie d'un nombre plus important d'hommes ou de femmes dans le plus grand dénuement ?

Il est vrai que le paiement intégral de l'impôt avait contribué à la vie de son pays et de ses habitants.

D'autre part, même si des débats constructifs avec les représentants d'organisations syndicales, avaient pu être organisés, débouchant sur des acquis souhaitables pour le personnel, l'ancien directeur avait conscience de ne pas les avoir conduits aussi sereinement qu'il l'aurait souhaité. L'âge aidant, il convenait avoir pris des positions radicales, balayant quelquefois avec une sévérité peu charitable, l'étude d'idées pourtant porteuses d'une meilleure qualité de vie pour l'avenir. Plus âgé encore, il admit avoir souvent été plus écouté par ses supérieurs, du temps où il exerçait le dur métier de défenseur du personnel.

Mais Lucie est toujours là pour le rassurer. À chacun son métier, affirme-t-elle, expliquant que le seul fait d'en changer, oblige à une autre philosophie, à des raisonnements appropriés aux situations rencontrées. Il n'est d'ailleurs plus temps pour lui de regretter quoi que ce soit, surtout de donner des conseils à ses concitoyens, a fortiori ses propres enfants et petits-enfants.